답이 없어도 괜찮아

고정관념과 편견을 거부하는 중딩들의 투쟁기

답이 없어도 괜찮아

초판 1쇄 인쇄_ 2023년 02월 10일 | **초판 1쇄 발행**_ 2023년 02월 15일
지은이_고산중학교 책쓰기 동아리 | **엮은이**_김윤화 | **펴낸이**_진성옥 외 1인 | **펴낸곳**_꿈과희망
디자인·편집_윤영화
주소_서울시 용산구 한강대로 76길 11-12 5층 501호
전화_02)2681-2832 | **팩스**_02)943-0935 | **출판등록**_제2016-000036호
E-mail_ jinsungok@empas.com
ISBN_979-11-6186-134-0 43810

2023 대구광역시교육청 책쓰기 프로젝트

답이 없어도 괜찮아

고정관념과 편견을 거부하는 중딩들의 투쟁기

고산중 책쓰기 동아리
임기민 정윤서 심소영
김명윤 조혜민 손여은 지음

김윤화 엮음

꿈과희망

책머리에

이 책은 주제 선정부터 글쓰기, 제목 선정까지 모두 학생들의 의견
으로 만들어졌습니다.

책쓰기 동아리는 1학기에 총 2번 모여 활동하였습니다. 처음 만
난 전일제 시간에 서먹서먹한 얼굴로 모였지만, 동일한 도서를 함
께 읽고 책에 대해 이야기를 나누다 보니 한마음으로 주제를 선정
하게 되었습니다.

흔히 "원래 예전부터 그랬다.", "그게 당연한 거다.", "그게 정상이
다." 등 말들이 우리의 착각이고, 고정관념이고 편견일 수 있다. 이런
생각들이 차별을 하고, 다른 사람들에게 상처를 줄 수 있다. 이런 생

각을 바꿔야 한다. 세상에 당연한 것은 없다.

- 토론 후 학생들의 의견

'세상에 당연한 것은 없다.'를 대주제로 선정하고 돈, 나이, 직업, 외모 등의 본인이 이야기하고 싶은 소주제를 선정하였습니다.

본인이 선정한 소주제의 고정관념에 대해 말하며 그것이 정해진 답이 아님을 이야기하는 글을 쓰고, 고치고, 쓰고, 고치고를 반복했습니다.

동아리 2번째 시간에 책 제목을 〈답이 없어도 괜찮아〉로 정하고, 편집에 대한 교육 후 여름 방학 동안 계속 편집한 글입니다.

부족한 점이나 어색한 점도 있을 수 있지만 학생들의 소중한 글을 즐겁게 즐겨주시기 바랍니다.

사서교사 김윤화

차례

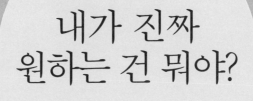

내가 진짜
원하는 건 뭐야?

임기민

임기민

◇ 나이: 15세

◇ 꿈: 행복하고 편안한 삶 살기

◇ 취미: 노래 듣기

◇ 좌우명: 노력하고 최선을 다하기

◇ 내가 좋아하는 책: 상냥한 저승사자를 기르는 법,
　　　　　　　　　　　너의 췌장을 먹고 싶어

◇ 현재 관심사: 음악

　7시 47분. 분주한 발걸음 소리가 들리는 것 보니 엄마가 있는 것이 분명했다. 정말 원망스러웠다. 내가 이렇게 늦게까지 자고 있었는데도 깨워주지 않다니! 허둥지둥 머리맡에 있는 폰을 챙겨 방 밖으로 나갔다.

　"엄마, 나 좀 깨워주지 그랬어! 나, 자고 있는 거 알았으면 좀 깨워주지. 집에 있었으면 자고 있는지 알았을 거 아니야."

　"으이그, 좀 일찍 일어나지 그랬어."

　"쳇, 그래도 잠깐인데 깨워주지."

　"많이 늦었으니까, 엄마가 차로 데려다줄게. 빨리 준비해!"

　"알았어!"

엄마 차를 타고 학교에 도착했다. 빠듯했지만 제시간에 학교에 도착할 수 있었다.

점심시간에 나는 교실에 앉아 시험공부를 했다. 시험은 5주하고 3일 정도가 남아있었다. 점심시간에 교실에 있는 학생들은 여럿 있었지만 시험공부를 하고 있는 아이들은 많지 않았다. 시험공부를 아직 시작하지 않은 학생이 꽤 있을 만큼 여유로운 분위기였다.

나는 시험공부를 일찍부터 시작했고 성적도 잘 나오는 편이었다. 당연히 성적은 잘 나와야 했다. 나의 목표는 의사니까.

"야."

옆을 돌아보니 담이가 내 옆에 와 있었다.

"가은아, 우리 학교 마치고 편의점 갈래?"

"아, 그래? 근데 어떡하지. 나 학원 가야 돼서."

"아, 정말? 아쉽다. 그럼 다음에 가자."

"응, 그러자."

아, 편의점. 정말 가고 싶었다. 학원 때문에 친구랑 놀아본 지도 오래됐다.

마지막 교시는 역사였다. 중요한 것은 밑줄 긋고 부가 설명은 포스트잇에 정리했다. 시험에 나올 것 같은 내용은 필기했다.

"오늘 수업은 여기까지 할게. 주말 잘 보내라."

"네~!"

학생들의 대답과 거의 동시에 수업을 마치는 종이 울리고 잠시 후에 담임 선생님이 들어오셔서 종례를 했다. 나는 학원 숙제를 챙겨서 버스 정류장으로 향했다. 원래는 학원까지 가는 데는 30분 정도가 걸리는데 오늘은 교통체증이 심해 40분 정도가 걸렸다.

　학원을 마치고 나왔을 때는 날씨가 많이 흐려져 있었다. 우산이 필요할 것 같았다. 아직 학원은 2개가 남았고 버스도 타야 했지만 비를 맞고 갈 수는 없었다. 나는 어쩔 수 없이 근처 편의점으로 뛰어가 우산을 샀다.

"6천 원입니다."

　나는 우산을 가지고 최대한 빨리 뛰었고 버스를 놓치지 않고 탈 수 있었다.

　저녁 9시 30분. 집으로 가는 버스를 탄 지 얼마 되지 않아 비가 내리기 시작했다. 우산을 산 것이 정말 다행이라는 생각이 들었다. 피곤하고 잠이 왔지만 집에 가서도 숙제를 해야 한다는 생각에 더욱 힘이 빠졌다. 쉬고 싶은데 숙제를 다 하려면 새벽 2시는 되어야 잠을 잘 수 있을 것 같다. 그래도 어쩔 수 없는 일이었다. 공부를 못하는 것보다는 나으니까. 버스는 평소보다 더 일찍 목적지에 도착했고 나는 15분 정도를 더 걸어서 집에 도착했다. 엄마는 집에서 설거지를 하고 있었다.

"왔니?"

　엄마가 설거지를 하다 말고 나를 돌아봤다.

"응."

"학원은 어땠어?"

"그냥…."

"편의점에서 뭐라도 먹었니?"

"응."

"밥 줄까?"

"응."

"그래. 들어가서 숙제해. 밥 다 되면 부를게."

나는 손을 씻어 물기 있는 손을 한 번 털고 책상 앞에 앉아 공부했다. 얼마 되지 않아 엄마가 나를 불렀다. 배가 고파서 허겁지겁 밥을 먹었다.

"가은아."

"왜?"

"수학 학원을 알아봤는데, 지금보다 더 좋은 것 같아."

"어…."

"수학 학원 바꾸지 않을래?"

"알았어. 그렇게 하자."

솔직히 지금 학원이 좋았다. 선생님도 잘 가르쳐 주시고, 담이랑 같은 반이었다. 예전보다 수학 성적은 더 올랐다. 하지만 지금의 학원도 엄마가 알아보고 다니게 된 학원이었다. 지금 엄마가 말하는 학원도 좋을지 몰랐다.

밤 2시 01분. 숙제를 끝내고 샤워를 했다. 가끔 공부하다 보면 지금 하고 있는 게 맞는지 불안하고는 했다. 의사는 인정받는 직업이었지만 나랑은 맞지 않는 것 같다는 생각이 들었다. 내가 잘하고 있는 건지 궁금했다. 나는 내 방으로 들어가 침대에 누워 폰을 봤다. 아이들끼리의 단톡방에 카톡이 24개나 와 있었다.

【우리 담주 토요일에 놀지 않을래?】

【시간 되는 사람?】

【나 토요일에 괜찮아!】

【나두】

【어디 갈 거야?】

【그러게. 어디 가지ㅎㅎㅎ】

대화 마지막에는 내 이름이 있었다.

【가은아, 너는?】

【갈 수 있어?】

하, 정말 가고 싶은데…. 정말 아쉬웠다. 또 공부 때문에 친구들이랑 노는 것을 포기해야 한다니.

【난 안될 것 같아ㅠ】

문자 옆의 2가 지워지지 않았다. 다들 자고 있나 보다.

아침 7시.

겨우 일어났다. 버스를 타고 학교에 도착하니 8시 12분이었다. 자리에 앉아서 문제집을 꺼내 풀었다. 엄마는 중학교 때가 가장 재미있다고 했는데, 나는 그렇지 않았다.

아침 조회가 끝나고 담이가 내 자리로 의자를 끌고 와서 앉았다.

"가은아, 다음 주 토요일에 정말 못 놀아?"

"응. 너무 아쉬워."

"학원 가야 하는구나?"

"응…."

"진짜 아쉽다. 우리 같이 못 논 지 좀 오래됐잖아. 중 1부터 거의 못 논 것 같은데."

담이랑은 초등학교 때부터 친구였다. 같은 반이 된 건 초등학교 3학년부터였는데 알고 지내게 된 건 4학년부터였다. 4학년부터는 쭉 친하게 지냈다. 다른 친구들은 모두 중학교로 올라와서 만나게 된 아이들이었고 나는 담이와 가장 친했다.

"담이야!"

뒤에서 현정이가 담이를 부르며 걸어왔다.

"가은아, 너 또 주말에 학원까지 가서 공부해야 돼? 너 일요일에도 독서실 가잖아. 이럴 때 보면 너 정말 고등학생인 것 같다니까."

현정이가 신기하다는 말투로 말했다. 나는 웃음만 지었다.

"열심히 해서 자사고나 과학고 가려고?"

"그런 건 아니고."

"가은이는 장래희망이 의사잖아."

"그래?"

현정이가 담이 말에 놀란 표정을 지었다.

"대단하다. 그래서 이렇게 열심히 공부하는 거야?"

내가 고개를 끄덕이자 현정이가 의아하다는 표정을 지었다.

"벌써부터 이렇게까지 열심히 할 필요가 있나?"

내가 대답하려는데 담이가 현정이를 장난스럽게 툭 치며 말했다.

"가은이 엄마가 의사이셔. 공부 엄청 잘하셨대."

"아."

현정이가 납득이 된 표정을 지었다.

난 솔직히 엄마가 의사여서 의사를 하고 싶다거나 엄마가 공부를 시켜서 억지로 하는 것은 아니었다. 물론 공부하기 싫을 때도 많지만 지금까지 공부를 계속해 올 수 있었던 것도 내가 그렇게 공부를 하고 싶었기 때문이다. 돈을 많이 벌고 싶기도 했고 의사를 하면 보람도 있을 것 같았다. 또 예전에는 공부를 잘해야 성공한 삶을 살 수 있을 것이라고 생각했다. 하지만 요즘에는 그 생각에 대해 의구심이 들었다.

수업종이 치고 학생들이 모두 제자리로 돌아갔다. 나는 책상을 정리하고 필기할 포스트잇과 형광펜을 책상에 놓았다. 교과 선생님이 교실로 들어오셨다.

엄마가 알아보고 다니게 된 수학 학원은 내가 여태까지 다녀본 수학 학원 중에 가장 끔찍했다. 학원 안에 들어가자 10명이 조금 안 되는 학생이 앉아 있었는데 분위기가 살벌하고 모두 공부하려는 의지가 강했다.

문제를 풀 때면 조용해져서 시계 똑딱 거리는 소리가 다 들렸다. 조금이라도 큰 소리를 내면 눈총 받는 것은 물론이고 문제를 풀다 틀리면 선생님에게 꾸중을 들었다. 선생님의 꾸중은 내가 틀린 문제는 쉬운 문제이고 같은 유형의 문제를 수도 없이 풀었기 때문에 틀리면 안 되는 문제라는 뉘앙스였지만 내가 생각하기에 이게 이렇게까지 짜증낼 일인지 이해가 되지 않았다. 그래서 문제를 풀 때면 항상 선생님 눈치를 보게 됐다.

2시간 정도 수업하는 수학 학원은 버스 정류장과 거리도 꽤 있었다. 다행히 길거리는 가로등 덕분에 밝았다. 20분 정도 걷자 버스 정류장이 보였다. 버스 정류장 벤치에 앉은 지 얼마 되지 않아 집으로 가는 버스를 탈 수 있었다. 정말 특별할 것 없는 날이었다.

아침 7시 12분. 오늘도 다른 날과 다를 것 없이 시작됐다. 일어난 뒤에 엄마가 해둔 밥과 반찬을 먹고 정류장으로 가서 버스를 타고 학교에 도착했다. 자리에 앉은 다음에는 오늘 들어있는 수업의 교과서와 학습지를 정리해 서랍에 넣고 문제집을 풀었다.

점심시간에는 담이와 현정이와 조금 이야기하다 다시 문제집을 풀었다. 쉬는 시간과 점심시간에 놀지 않고 공부한 결과 조금 남아있던 숙제를 모두 끝낼 수 있었다. 그 뒤로 몇 번의 수업을 더 듣고 학교가 마쳤다. 원래 그랬던 것처럼 담이와 정류장으로 같이 걸어갔고 수학 학원이 바뀌어서 목적지가 달라 다른 버스를 타고 헤어졌다. 영어와 국어 학원을 차례로 가고 마지막으로 수학 학원을 갔다.

수학 학원을 마치고 엘리베이터로 1층에 내려왔는데 1층에서 격양된 목소리로 웅성거리는 소리가 들렸다. 학원을 마친 학생들 모두 소리가 나는 쪽으로 시선을 돌렸다. 상황을 보니 건물주와 청소부가 말다툼을 하는 것 같았다.

"저것 봐."

나보다 나이가 어린 단발머리 학생 하나가 옆에 있는 교복을 입은 친구에게 속삭이는 소리가 들렸다.

"뭐? 어떤 거?"

단발머리 학생이 가리킨 곳에는 지하 주차장으로 향하는 계단에 먹다 남은 과자와 과자 봉지, 일회용 컵에 담긴 음료가 쏟아져 있었다. 일회용 컵이 5개 정도는 되어 보이고 과자 봉지도 3개 정도 있었다.

건물주 아저씨가 우리를 힐끗 보더니 들으라는 듯이 목소리를 높였다.

"내가 하나를 보면 열을 알지! 청소한 것 보니까 공부도 못했구먼! 나 참, 청소를 이렇게 건성으로 대충 하는 사람은 처음 봤어! 바닥이 어떻게 이렇게 지저분한 거야!"

주변에 있던 학생들이 난감한 표정을 지었다. 건물주를 말려야 할지 혼란스러운 듯 서로를 바라봤다.

"건물주 아저씨 성격 엄청 안 좋은데, 어휴. 잘못 걸리셨네."

단발머리 학생이 교복 입은 학생에게 속삭였다.

"계단에 버린 음식, 아마 이 학원에 다니는 고등학생이 그랬을걸?"

그러자 단발머리 학생이 누군지 안다는 표정을 지었다.

"아."

그 고등학생들이면 나도 한 번 본 적이 있다. 우리 수학 학원이었는데 공부에는 관심도 없고 숙제도 해오지 않았다. 이제는 학원에 오지도 않아서 못 본 지 꽤 오래됐다. 학원에 오는 대신 편의점에서 먹을 것을 사고 지하로 가는 계단에 앉아 이야기를 나누며 놀았기 때문이다. 또 먹은 것은 절대 치우지 않을뿐더러 꼭 쏟아져 있어 불쾌한 냄새가 났다. 그래서 그걸 치운다고 청소부 아저씨는 꽤 애를 먹었다. 그렇게 매일 잘 치우시다가 하필 오늘 건물주가 청소부 아저씨가 오기 전에 먼저 그 광경을 본 것이다.

소리 지르며 말다툼하는 소리가 3층 건물까지 들렸는지 학원 선생님 몇 분이 1층으로 뛰어 내려왔다. 아마 학원 선생님들은 학생끼리 싸움이 벌어졌을 거라고 생각했을 것이다. 어쨌든 간에 소란은 학원 선생님들이 달려와 중재한 다음에야 끝이 났다. 건물주 아저씨는 아직 분이 덜 풀렸는지 씩씩거리며 밖으로 나갔다. 청소부 아저씨는 건물주 아저씨가 밖으로 나가자 다시 묵묵히 청소하기 시작했다.

"집이 가난해서 대학도 못 나왔대서, 내가 불쌍해서 일 시켜줬더니만 일을 이렇게 엉망으로 해뒀네. 에잇!"

밖에서 멀어져 가는 발걸음 소리와 함께 건물주 아저씨의 씩씩거리는 소리가 희미하게 들렸다. 소란이 끝나자 아이들은 계속 서있기 머쓱했는지 모두 밖으로 나갔다. 나갈 때 청소부 아저씨를 힐끗 쳐다보고 가는 아이들도 있었다.

이틀 뒤에 학원을 갔을 때는 청소부 아저씨가 보이지 않았다. 그리고 그저께 있었던 사건은 소문을 타고 학원 전체에 퍼졌다. 그 사건이 일어났을 때에 그 자리에 없던 아이들까지 청소부 아저씨를 찾는 듯 주변을 기웃거렸다.

수많은 소문 중에서는 주먹이 오갔다, 누가 경찰을 불렀다는 등의 헛소문도 있었다. 어떤 학생들은 청소부 아저씨가 해고되었을 것이라 말했지만 당사자가 아닌 우리는 알 수 없었다. 학생들은 어저께 사건을 청소부 사건이라 불렀다.

오늘은 학원 분위기 전체가 산만했다. 처음에 선생님들은 학생들을 집중시키려 했지만 실패했다. 나는 학원을 다닌 지 얼마 되지 않았지만 이런 분위기는 처음인 것 같았다. 그래도 조금 안심되는 기분은 있었다. 딱딱하고 차갑게 얼어붙었던 경쟁 분위기가 한 사건으로 인해 누그러진 느낌이었다. 아니면 내가 이 학원에 적응해가고 있는지도 몰랐다.

시험 점수는 예상했던 것만큼 잘 나와서 문제가 없었다. 이번 주부터 방학이어서 학교를 가는 날보다는 여유가 있어서 좋았다. 물론 학원은 더 열심히 다녀야 하지만. 그래도 가장 안심되는 것은 학원에 알고 지낼 사람이 생겼다는 것이다. 고등학생 언니였는데 청소부 사건으로 이야기를 나누다가 친해지게 됐다. 의대가 목표인 언니는 고등학교에서 전교 1등 2등을 다툴 만큼 공부를 잘했다. 임기응변도 뛰어나고 공부도 잘해서 선생님들이 좋아했다. 어쨌든 언니는 여러모로 배울 것이 많은 사람이었다.

학원을 마치고 밖에 나오자 거리는 어두워지고 있었다. 언니와 나는 내리는 곳은 달랐지만 버스는 같은 것을 타서 함께 버스 정류장까지 걸어갔다.

"가은아, 넌 공부도 많이 해서 앉아 있는 시간도 길 텐데 살이 왜 안 쪄?"

언니가 신기하다는 투로 물었다. 나는 어깨를 으쓱했다.

"유전인가 봐."

살이 안 찌는 이유는 정말 유전이었다.

"그래? 좋겠네."

"언니는 의대 갈 거라고 그랬지?"

"오, 기억하고 있네. 참, 너도 의대 가고 싶다고 그러지 않았어?"

"응, 맞아."

"넌 갈 수 있을 것 같아. 의대."

"진짜?"

"응, 나보다 더 열심히 공부하는 것 같던데?"

언니의 말에 피식 웃음이 나왔다. 공부는 두말할 것 없이 언니가 더 열심히, 잘 했지만 내가 열심히 노력한다는 것을 알아주는 사람이 있다는 것이 기분이 좋았다.

"근데 솔직히 요즘에는 내가 정말 의사를 하고 싶은지 잘 모르겠어."

"중학생인데 아직 잘 모르는 건 당연한 거 아닐까? 고등학생이 되고 나서 진로를 결정하는 애들도 많아."

"그런가?"

하지만 늦게 장래희망을 찾으려 방황하고 싶지는 않았다. 다른 아이들보다 뒤떨어지면 불안한 것은 당연하고 불이익이 생길 수 있다.

버스가 도착해서 같이 버스에 올라탔다. 이 시간에는 사람이 별로 없어서 앉을 자리가 많았다. 나는 창가 쪽에, 먼저 내리는 언니는 복도 쪽에 앉았다. 가는 길에도 수다를 떨었다. 고등학생이라면 무표정하고 항상 까칠할 것 같다고 생각했는데 언니는 밝고 털털한 성격에 남을 배려하는 것이 보였다. 나도 저런 성격으로 성장하고 싶었다.

집에 들어오자 전기가 켜져 있지 않아 깜깜했다. 언니와 이야기를 한다고 전화기를 확인해 보지 않았는데 엄마 카톡이 와있었다.

【급한 환자가 있어서 조금 늦을 것 같아】

【냉장고에 반찬 있고 밥은 해뒀어】

나는 밥과 냉장고에 있는 반찬을 꺼내 식사를 했다. 식사를 하고 난 뒤에는 샤워를 하고 머리를 말리고 난 다음 숙제를 시작했다. 숙제하다가 너무 졸려서 10분 타이머를 맞추고 잠시 눈을 붙였다.

방학은 눈 깜짝할 새에 지나가버렸다. 이후 몇 번의 시험을 치고 난 뒤에 고등학교에 입학했다. 다행히 원하는 고등학교에 진학했고 처음 치는 모의고사에도 꽤 좋은 성적을 받았다. 중학생 때 공부를 잘했다가 고등학교에서 삐끗하는 아이들이 안타깝게 느껴졌다.

아 참, 현정이랑은 다른 고등학교에 가게 되었고 학원에서 친해진 언니가 다니고 있는 고등학교에 진학했다. 담이랑은 같은 고등학교 같은 반이 됐다. 담이도 공부를 못하는 편은 아니었지만 모의고사에서 좋은 성적을 받지 못했다.

언니와는 중학생 때는 방학이 아니고서는 잘 만나지 못했는데 고등학생이 된 이후부터는 학교 정문에서 만나 학원까지 같이 갔다. 언니는 고등학교 2학년이었고 나는 고등학교 1학년이었다.

중학교와는 사뭇 다른 고등학교의 분위기에 처음에는 당황했지만 차츰 적응이 되어가고 있었다. 고등학교 생활은 짧고 굵은 시험들로 이루어진 느낌이었고 고등학교 1학년 생활은 중학생 때보다 몇 배는 빨리 지나갔다.

고등학교 2학년이 됐을 때는 담이와 다른 반이 되었다. 다른 친구도 사귀었지만 담이만큼 친하지도 않았고 1년만 친구로 지내면 끝일 것 같다는 느낌을 받았다. 언니는 이제 고등학교 3학년이 되어 1년도 남지 않은 수능에 어마어마한 스트레스를 받고 있었다. 나도 내년이면 수능을 쳐야 했기 때문에 안심할 수 없었다. 의대에 들어가려면 학생들보다 몇 배로 더 열심히 공부해야 했다. 2학년 첫 모의고사를 준비할 때 힘들기는 했지만 결과는 좋았다. 나의 고등학교 방학은 중학생의 방학과 비교할 수 없을 정도로 바빴다. 나보다 성적이 떨어지는 아이들이 나를 앞지를까 봐 더 열심히 해야 했고 더 높은 곳에 올라가기 위해서 치열하게 공부해야 했다.

2학년 겨울 방학. 언니는 수능 과목을 모두 합해서 총 1문제를 틀렸고 별 무리 없이 의대에 합격했다. 나는 겨울 방학에 더 열심히 공부했다.

고등학교 3학년은 짧고 굵게 지나갔다. 수능 과목을 총 합해서 2개를 틀리고 의대에 합격했다. 담이 또한 원하는 대학에 입학했다. 하지만 현정이는 일찌감치 수능을 포기하고 공무원 시험을 준비했다. 겨울 방학에 나는 가족들과 함께 일주일 동안 해외여행을 했다.

의대는 잠잘 시간이 부족할 만큼 할 것이 많고 힘들었다. 고등학교를 졸업했는데도 다시 고등학생 같은 생활이 반복되니 너무 지쳤다.

나는 대학교를 졸업하고 30대에 대학병원에 취업했다. 내가 생각했던 의사 생활과는 많이 달랐다. 지치고 피곤했다. 물론 보람도 있었다.

하지만 그 뿌듯함은 부족한 체력 때문에 오래가지 못하는 날들이 더 많았다. 고등학생 때, 중학생 때에 공부를 잘해야 성공을 하고 좋은 직업을 가지면 행복할 것이라는 생각에 조금 더 신중하고 깊이 생각해 보지 않은 것이 후회되었다. 나와는 다르게 의사 생활을 하며 뿌듯해하고 만족하는 사람도 꽤 있었다. 하지만 나는 만족하지 못했다.

의사를 직업으로 가지면 행복하고 편안한, 가치 있는 삶을 살고 있는 나를 생각했다. 어른들은 의사는 성공한 직업이라고 말했다. 공부를 잘해서 편하게 살려면 의사라는 직업이 단연 최고라고. 나 또한 그렇게 믿고 의사라는 직업을 택했다. 그래서 그런지 적성에도 맞지 않았다. 항상 체력이 부족한 나였는데 의사라는 직업은 생각보다 많은 체력을 요구했다.

내가 처음에 생각했던 나의 미래의 모습과 점점 멀어져 가고 있는 느낌이다. 다른 사람에게 도움을 주고 싶어 이 직업을 택한 것도 있는데 내가 생각하는 도움과는 달랐다. 병을 이겨내지 못하고 눈을 감는 사람들을 보면 너무 안타까웠다. 다시 중학생, 고등학생 때로 돌아가 신중하게 선택하고 싶다. 만일 의사라는 직업을 다시 선택하더라도 많은 사람이 인정해 주고 인기 있는 직업이 아니라 내가 어떤 삶을 살고 싶고 어떤 가치가 나에게는 중요한지 생각하며 살고 싶다.

"가은아!"

내 이름을 부르는 소리에 깜짝 놀라 고개를 들었다. 엄마가 의자 옆에 서서 나를 바라보고 있었다. 꿈이었나 보다. 잠시 어디까지가 현실인지 몰라서 한동안 머리가 멍했다. 시계를 봤다. 11시 30분. 4시간 30분 정도를 잤다. 10분 타이머를 해두고 못 듣고는 못 일어난 것이다. 그나저나 그게 꿈이라니 다행이다.

"휴."

안도감 때문일까 한숨이 절로 나왔다.

"언제부터 잤니?"

엄마가 물었다.

"모르겠어. 언제부터 잤는지."

"그래?"

"엄마는 언제 왔어?"

"엄마 방금 왔어. 조용해서 방에 들어와 보니까 네가 자고 있더라. 많이 피곤하면 들어가서 자."

"알았어."

나는 끔찍했던 일들이 꿈이라는 사실을 확인이라도 하듯 방으로 가서 침대에 몸을 날려 벌러덩 누웠다. 피곤한 상태였기 때문에 곧바로 잠들었다.

토요일 아침, TV소리에 잠이 깼다. TV에는 아침 뉴스가 나오고 있었다. 아빠가 뉴스를 보고 있었다. 나는 아빠 옆에 앉아 같이 뉴스를 들었다. 앵커가 소개한 사건은 한 사람이 익명으로 크리스마스마다 생계가 힘든 이웃을 위해 돈 200만 원을 기부했다는 내용이었는데, 오늘 익명의 사람의 정체가 밝혀졌다는 것이다. 나는 익명의 사람의 얼굴이 화면에 나왔을 때 깜짝 놀랐다. 그 익명의 사람은 얼마 전에 학원 건물 1층에서 건물주와 싸움이 났던 청소부였다. 틀림없었다.

【언니, 뉴스 봤어?】

카톡을 보내자마자 답장이 왔다.

【아니. 왜?】

【우리 학원에 청소하던 청소부 아저씨 말이야.】

【응-】

【크리스마스마다 200만 원 기부하던 사람이래!!!】

【엥? 진짜???】

그리고 언니가 깜짝 놀란 모습을 한 이모티콘을 보냈다. 나 말고도 오늘 뉴스나 기사를 접한 아이가 있다면 학원에 분명 소문이 날 것이다.

"가은아, 왜 그렇게 놀라?"

아빠가 이상하다는 듯 물었다. 나는 학원에서 있었던 일들을 아빠에게 설명했다.

"와, 청소하시는 그분 엄청 대단하시네. 뉴스 내용을 들어보니까 살림이 넉넉한 편도 아니셨는데."

기분이 이상했다. 학원에서는 멸시받고 무시당하던 청소부 아저씨였는데 뉴스에 나와 다른 사람들에게 대단하다는 말까지 듣다니.

"가은아, 너도 크면 저 사람처럼 남을 도우는 사람 되라."

아빠가 웃음을 지으며 말했다.

청소부 아저씨는 돈이 많거나 좋은 직업을 가진 게 아니었다. 풍족하지 않더라도 남을 위해 자신의 것을 나누었다. 나라면… 저렇게 행동할 수 있었을까? 좋은 직업만이 사람의 품위를 높이는 것은 아닌가 보다.

'어떤 종류의 직업을 갖는 게 좋을까?' 하고 고민하기 전에, 어떤 직업을 가지든지 나도 타인과 나누고 도움이 필요한 사람에게 도움을 주는 삶을 살아야겠다고 어렴풋이 다짐해 본다.

엄마는 나에게 늘 현실을 모르는 소리 하지 말라고 한다. 하지만 돈을 찾아가며 움직이는 것보다 한발 한발 걷다 보니 돈도 벌고 사람도 돕고 있는 내 삶이 더 가치 있게 여겨진다.

글을
마치며

글쓰기 동아리 첫날, 초고를 쓸 노트를 받았습니다. 쉽게 쓸 수 있을 거라고 생각도 하지 않았지만 첫 문장을 쓰고는 이어지는 문장을 쓸 수가 없었고 다음 내용을 어떻게 써야 할지 막막하기만 했습니다.

그 초고는 첫 마감일이 얼마 남지 않았을 때야 다시 꺼내게 됐습니다. 한 장밖에 채우지 못한 노트를 보자 당황스럽고 답답하기만 했습니다. 그날, 글의 내용과 전개, 주인공과 등장인물을 바꾸고 글을 새로 작성한 뒤에야 이 이야기를 완성할 수 있었습니다. 유명한 작가가 쓴 글도 아니고 평소에 글을 즐겨 쓰는 편도 아니지만 잘 읽혔으면 좋겠습니다.

어려서
그래

―

정윤서

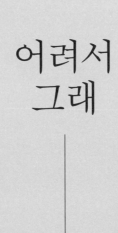

저를
소개합니다

정윤서

◇ 나이: 15
◇ 꿈: 행복하게 사는 것
◇ 취미: 노래 듣기
◇ 좌우명: 하고 싶은 걸 하자
◇ 내가 좋아하는 책: 모모, 소설
◇ 현재 관심사: 기타

_이상한 사람들

　귓가에는 똑딱거리는 시계소리만이 들리고 손은 연필을 잡은 채 힘없이 움직인다. 이곳은 재수학원, 올해로 딱 20살이 된 나는 고3 때 신나게 놀아서 그런지 대학에 가지 않고 재수를 했다. 이곳에서는 매일이 반복되는 지루한 일상이라 자연스럽게 옛날 생각이 떠오르 곤 한다. 오늘도 당연하게 모르는 문제가 나오니 이런 지루한 일상이 아닌 매일이 새로운 삶이었던 옛날이 떠오른다. 중학교 1학년 때였 나? 입학할 때쯤 옆집에 웬 할머니와 내 또래의 아이가 이사 왔었다.

　#6년 전
　위이잉

시끄러운 소리와 함께 눈을 떠보니 이삿짐센터가 아파트 앞에 서서 물건을 나르고 있었다.

'아, 시끄러워. 아침부터 이게 웬 난리람.'

이사 소리 때문에 시끄러워 잠이 완전히 깨버렸다. 그리고 거실로 나가 보니 마침 집에 나 혼자라 아침을 혼자 해 먹어야 해서 어쩔 수 없이 나는 슬리퍼를 질질 끌며 편의점으로 향했다.

띠링

경쾌한 소리와 함께 나는 편의점으로 들어섰다. 들어서자마자 내 눈에 보인 광경은 너무 황당했다. 어떤 머리 곳곳에 흰머리가 나온 60대쯤의 할머니와 10대쯤의 아이가 편의점 식탁에 앉아 있었는데, 할머니는 핸드폰으로 예능을 보며 깔깔 웃고 계셨고 아이는 성숙하게 어려운 책을 읽고 있었다. 마치 둘의 행동이 바뀐 것만 같았다.

'세상엔 이상한 사람들이 참 많네.'

이상하다는 생각에서 그쳤을 뿐 나는 별다른 생각을 하지 않고 먹을 걸 골라 집으로 갔다.

그리고 며칠이 흘러, 입학식 날이 되었다. 떨리는 마음은 나이가 많아져도 어쩔 수 없나 보다. 나는 내 마음처럼 덜덜 떨리는 손을 붙잡고 새로운 반의 문을 열었다. 그런데 문을 열어 보니 온통 새로운 것이어야 하는 반은 없고 교복을 단정하게 입은 여자 애 하나가 혼자 책상에 앉아 있었다.

일찍 온 것도 아닌데 한 명밖에 없을 수가 있는 건가. 게다가 앉아 있는 그 한 명은 저번에 편의점에서 봤던 그 아이였다. 얼굴을 잘 기억 못 하는 편이지만 그 아이의 눈 밑 푸른 점은 잊을 수가 없었다.

"안녕?"

아무래도 일 년 동안 같은 반일 테니 어쩔 수 없이 인사를 먼저 건넸다. 그런데 그 아이는 나를 물끄러미 바라만 볼 뿐 손짓도 말도 하지 않았다.

'뭐야, 이상한 애네.'

나는 속으로 욕하며 아무 자리에나 앉았다. 그런데 갑자기 뒷문이 발칵 열리더니 선생님으로 보이는 사람이 들어와 외쳤다.

"1학년 입학식은 강당에서 한다는 거 못 들었어? 빨리 뛰어가!"

그제야 정신을 차린 나는 안내장의 내용이 떠올랐고 빠르게 강당으로 뛰어갔다.

헉헉, 거친 숨을 내쉬며 겨우 강당에 들어갔다. 그런데 눈 밑에 푸른 점을 가진 아이는 저 멀리서 걸어오고 있었다. 아주 태연한 표정으로.

'진짜 이상한 애네.'

그런 생각을 하던 도중 그 아이가 성큼성큼 나에게로 걸어오더니 손을 내밀며 말했다. 교장 선생님의 말씀이 끝나는 바로 그때 나는 그 아이의 목소리만 들렸다.

"안녕, 난 신이안이야."

이번엔 내가 그 애를 멍하니 쳐다보았다. 그때는 그런 생각밖에 안 들었다.

'진짜, 진짜 이상한 애다.'

"자, 우리 1학년 8반이 된 걸 축하하고, 안내장 잘 읽어보고 내일부터 학교생활 잘 하면 돼. 임시반장, 인사하고 가자."

교탁에서 우리의 담임 선생님이 말하셨다. 아까 입학식의 기억만이 맴돌아 선생님의 말씀을 하나도 집중할 수 없었다. 그런데 갑자기 눈 밑에 푸른 점을 가진, 신이안이라는 아이가 벌떡 일어났다.

그러고는 말했다.

"차렷, 선생님께 경례."

신이안의 말에 정신을 차린 나는 주변을 둘러보니 아이들이 모두 가방을 챙기고 집에 가고 있었다.

'언제 임시반장이 정해졌지? 아니 그보다 저런 이상한 애가 왜 임시반장이 된 거야?'

나는 의문을 품은 채 가방을 쌌다.

그런데 가방을 보던 내 시야로 한 신발이 들어왔다. 당황스러워 고개를 들어보니 그 아이였다.

"안녕."

신이안이 내 손을 잡으며 말했다.

"아까 인사를 무시했다고 느낀 것 같아 미안하고, 악수를 못해 아쉬워서."

딱 봐도 올바르고 착한 느낌이었다. 모범생보다는 성숙한 어른 느낌으로 변해 있어 아까 이상한 모습과는 너무 달라졌다. 왜 임시반장으로 뽑혔는지 이제야 알 것 같았다.

"아, 어… 뭐 괜찮아."

"그래? 그럼 다행이다. 나 너랑 친해지고 싶었거든."

"그래? 왜?"

"나 너 옆집에 살아."

사실 신이안이라는 아이는 나를 짜증나게 했던 주인공이었다. 그리고 첫 만남부터 인상 깊어서 그런지 금방 친해졌다. 이안의 사교성과 성숙함도 친해지는 데 도움을 주었다.

이안과 나는 조별과제를 할 때도, 놀 때도 항상 함께였고 나는 종종 이안의 나이가 14세가 아닌 한 40처럼 느껴질 때가 있었다. 이안이 너무 성숙해 나이에 맞지 않는 것 같았기 때문이다.

"학교 끝나고 우리 집 가지 않을래?"

어느 날 이안이 나에게로 다가오더니 뜬금없이 나를 집으로 초대했다.

"뭐 그래."

저번에 편의점에서 본 이안의 할머니도 궁금했기가 하고 이안이 너무 긴장하는 것 같아 나는 흔쾌히 알았다고 했다.

학교가 끝나고 이안과 나는 도란도란 얘기를 나누며 같이 집으로 걸어갔다. 아파트에 도착해 우리의 집 층수에 도착하자 나는 하마터면 나의 집에 들어갈 뻔했다.

"야! 어디 가. 우리 집 가기로 했잖아."

"아, 맞다. 미안 가자가자."

나는 멋쩍게 웃으며 이안의 집으로 같이 들어갔다. 이안처럼 긴장도 안하고 별거 아닌 걸로 생각해 그만 깜빡했나 보다.

이안의 집에 들어가자 옆집이라 그런지 우리 집과의 큰 차이를 못 느꼈다. 그런데 이상하게도 안쪽 방에서 큰 웃음소리가 들렸다.

'누가 있나? 할머니 웃음소리 같은데.'

소리에 의문을 가지던 도중 이안이 입을 열었다.

"해줄 얘기가 있어서 집으로 불렀어. 지금 웃음소리 들리지?"

"응, 왜? 누구 계신 거 아니야?"

"저 소리 우리 할머니 웃음소리야."

이안이 제법 심각한 얼굴로 말했다.

"이상하지 않아? 어린아이처럼 예능이 좋으시고 재미있는 게 좋으셔서 맨날 보시는 거야. 그래서 웃으시는 거고. 보통의 할머니들은 예능도 안 보시고 줄임말도 안 쓰시잖아."

"음… 조금 이상하시긴 하네."

나는 보통의 할머니들, 60세쯤의 할머니라면 당연히 저러면 안 된다고 생각하고 이안의 말에 공감해 주듯 대답했다.

"무슨 병 같은 거 가지고 계신 거야?"

"그건 아니고… 넌 그렇게 생각하는구나."

이안은 표정이 어두워지다가 갑자기 일어섰다.

"아~ 나 할머니 계신 줄 모르고 너 데리고 왔는데, 나중에 다시 올래? 우리 할머니께서 잘 모르는 사람 많이 신경 쓰셔서."

아까 어두운 표정은 사라지고 약간의 가식적인 목소리를 섞은 것처럼 들렸다.

그러곤 이안은 나를 거의 쫓아내듯 밀며 현관문 밖으로 내보냈다.

"잘 가."

이안은 그 말을 끝으로 현관문을 닫았다.

'내가… 뭐 잘못했나?'

나는 당황스러움만 한가득 안은 채 바로 옆집인 우리집에 들어갔다.

"엄마, 나왔어. 아니 나 저번에 친해졌다는 신이안이라고 있잖아. 걔네 집에 놀러갔다가 이상한 일 겪었잖아. 왠지 신이안도 14살처럼 보이지 않더라."

나는 집에 들어가자마자 가방도 내려놓지 않고 방금 일어났던 일을 우다다 엄마께 말했다.

이야기가 끝나자 엄마는 딱 한마디를 하셨다.

"60세 나이에 맞고 14세 나이에 맞는 게 뭐라고 생각해?"

그때 나는 머리를 돌로 한 대 맞은 것 같았고 내가 이안에게 어떤 말실수를 저질렀는지 깨달았다. 옆집 가족이 특이하다고는 할 수 있지만 이상하고 잘못 됐다고는 할 수 없다. 그 나이에 맞고 그 나이여서 못 하는 일은 없으니까. 나는 내가 그동안 고정관념에 박혀 있었다는 걸 알았다. 그때 내가 할 수 있는 행동은 하나밖에 없었다.

"엄마! 나 잠깐 옆집에 좀 갔다 올게!"

나는 후다닥 옆집에 가서 초인종을 눌렀다.

딩동

이안이 초인종이 울린 뒤 나왔다.

나는 그녀의 손을 덥석 붙잡고 말했다.

"나 잠깐 들어가도 돼?"

이제는 내가 아까의 이안처럼 긴장되었다.

"응, 들어와."

집 안으로 들어가자 아까처럼 할머니의 웃음소리가 들렸지만 아까와는 다른 느낌이 들었다.

"앉아, 아무 데나."

이안이 바닥에 앉으며 나에게 말했다.

나는 아무 말도 하지 않고 이안처럼 바닥에 앉았다.

"내가 진짜 미안해."

내가 앉자마자 꺼낸 이야기는 사과였다.

"난 솔직히 네가 나를 집으로 초대했을 때 별생각이 없었고 너는 많이 고민해서 할머니에 대해 이야기했을 텐데 난 별고민도 하지 않고 말했지."

"근데 집 가서 다시 생각해 보니 그 나이에 맞게 정해진 행동은 없고 그 나이라고 해서 못 하는 것도 없는 것 같아. 내가 진짜 멍청하고 이상했나 봐."

서로에게 진심을 털어놓고 내가 집에 다시 돌아갈 때쯤 이안은 나에게 자신의 할머니를 다시 소개해 주었다. 할머니께서는 진짜로 최신 예능을 보고 계셨고 이안보다 말투나 행동이 어려보이셨다. 하지만 나는 절대 이상하다고 생각하지 않고 할머니께 인사를 건넸다.

내가 먼저 다가간 결과 할머니와 나는 친해져 나는 이안의 집에 거의 살다시피 매일 놀러갔다. 친해져 보니 할머니는 못 하시는 게 없으셨고 나이를 많이 드셔도 운동을 나보다 잘하셨다.

어느 날은 집에서 보드게임을 했는데,
"또 내가 이겨버렸네."
할머니가 마지막 카드를 내려놓으셨다.
"아~ 좀 봐주세요. 진짜 할머니 못하는 게 뭐예요?"
"너도 이 나이 들면 다 그렇게 돼."
"아, 뭔가 할머니는 다른 분들과는 다른 분야로 잘하시잖아요. 인터넷을 학생보다 잘하는 할머니가 어디 있냐고요."
나는 게임에서 진 것이 분해 카드를 소리 나게 내려놓으며 말했다.
"아, 뭐 그런 사람도 있고 저런 사람도 있는 거지. 오늘은 이 할머니가 라면 끓여줄게."
할머니는 나의 앙탈을 받아주시며 주방으로 가셨다.
'진짜 나이에 맞지 않게 다 너무 잘하셔.'
나는 이안과 할머니와 신나게 얘기를 나누고 새로운 추억을 쌓고 집으로 돌아갔다. 역시 그날 먹었던 라면은 내가 살면서 먹었던 라면 중 가장 맛있었다.

그리고 또 하루는 할머니와 단둘이 시내에 갔던 적도 있다. 나는 맨날 신이안이랑 같이 갔지 단둘이는 처음이라 너무 설레었다.

#지하철

"할머니, 다음 역에서 내리시면 돼요."

나는 봉을 꽉 잡고 계신 할머니를 톡톡 치며 말했다.

"어, 어."

할머니는 많이 긴장하신 것 같았다.

"아휴, 내가 나이 70을 먹고 지하철을 타다니 죽을 것 같네."

할머니는 내리시자마자 벤치에 앉으시고 한숨을 내쉬셨다. 나이도 많이 드셨고 지하철도 많이 안 타보셨으니 어지러우신 게 당연하다.

"그래도 이제 다 왔잖아요. 제가 오늘 신나게 시내 구경 시켜드릴게요!"

나는 어젯밤 생각해놨던 장소를 곱씹으며 말했다.

#오락실

할머니의 손을 이끌고 처음 온 곳은 오락실이었다. 사실 나도 시내를 잘 몰라서 제일 큰 곳을 왔지만 꽤 재미있는 게 많아 보였다.

"할머니, 우리 저거부터 할까요? 아, 아니다 돈부터 바꿔야지."

할머니를 위한 오락실이었지만 내가 더 신났다.

"아. 할머니 역시 잘하신다니까."

나는 연속으로 3번 져 기계에 얼굴을 박으며 말했다. 할머니는 진짜 나이에 맞지 않게 컴퓨터나 게임을 잘하시는 것 같다.

그러나 할머니의 얼굴은 3번 이긴 사람처럼 보이지 않았다. 꼭 어디 아픈 사람 같았다. 분명 오락실 들어와서는 괜찮으셨는데.

"할머니 어디 아프세요?"

"아, 아니. 우리 이만 가자."

할머니는 내 손을 쳐내시더니 황급히 오락실을 빠져나가셨다.

"할머니 진짜 어디 아프세요?"

나는 뛰쳐나가신 할머니의 손목을 잡았다.

"아까 못 봤어? 사람들이 우리 다 쳐다보고 있었잖아."

할머니는 흥분하신 목소리로 말하셨다.

"난 그런 거 못 견뎌."

할머니는 그렇게 말하시고는 무작정 카페로 들어가셨다. 나는 멍하니 서서 생각해 보니 아까 오락을 할 때 주변 사람들이 힐끔힐끔 우리를 쳐다보고 있었던 것 같다. 이상하다는 눈빛으로.

'에이 모르겠다. 할머니나 따라가야지.'

나는 혼란스러워 생각을 멈추고 카페로 할머니를 따라 들어갔다.

우리는 오락실 일로 카페에서 약간 서먹했지만 시내에서 백화점도 가고 맛있는 것도 먹으며 다 까먹고 재미있게 놀았다. 올해 들어서 가장 재미있는 시간이었던 것 같다.

"할머니, 안녕히 가세요!"

나는 그렇게 재미있게 놀고 집 앞까지 할머니와 함께 갔다.

"그래, 다음에 또 와."

할머니는 손을 흔드시고는 집 안으로 들어가셨다.

나는 닫힌 문을 보며 소리쳤다.

"네! 그럴게요."

#며칠 뒤

"할머니~ 저 왔어요. 오늘은 같이 영화 봐요!"

그날도 다른 날과 똑같이 학교를 마치고 같은 길을 걷고 같은 모습을 하고, 평소와 다를 것 없이 이안의 집에 놀러갔던 날이었다.

그런데 평소와 다르게 집 안은 조용했고 해맑으시던 할머니는 말없이 바닥을 보고 있었다. 이안도 아무 말도 하지 않고 할머니 옆으로 가서 같이 바닥을 보았다. 나도 덩달아 입을 닫았다.

왜 그런지 궁금했던 나는 슬며시 다가가 그들이 보고 있던 바닥을 보았다. 거기에는 수많은 쪽지 들이 있었고 할머니의 표정은 어두워 보였다. 그런데 갑자기 이안이 입을 열더니 말했다.

"우리 이사 가야 할 것 같아."

"어? 왜? 여기 온 지 얼마나 됐다고."

"이거 봐봐."

이안이 보여준 것은 쪽지였고 거기에는 '매일 아침저녁 할 거 없이 할머니 웃음소리가 들려서 소름끼치고 시끄럽다.', '저번에 승강기에서 만났는데 애가 성숙하고 할머니가 어린애 같은 게 이상하다.'와 같은 글이 적혀 있었다.

"알잖아. 우리 할머니 남 시선 많이 신경 쓰시는 거."

그 말을 듣자 할머니와 시내에 놀러가 오락실을 갔을 때가 생각났다. 그때 할머니는 신나게 오락을 즐기시다가 주변사람들이 이상한 눈빛을 쳐다보자 뛰쳐나가셨다.

"잘 지내. 그래도 우리 할머니와 나랑 잘 지내줘서 고마웠어."

이안은 첫 만남처럼 나의 손을 잡아주며 인사를 건넸다. 나는 눈물이 나올 것 같아 아무 말도 할 수 없었다.

그게 그 가족의 마지막이었다. 지금 생각해 보면 엄마가 나에게 깨달음을 주셨던 말처럼 나도 용기 내 할머니께 주변을 신경 쓰지 말라고 말했어야 됐는데.

나도 그랬지만 아직 많은 사람들이 나이에 대한 고정관념을 갖고 있는 것 같다. 그로 인한 차별도 많고. 만약 한 어른이 '어려서 그래.'와 같은 말을 하다면 그 어른은 결국 어린 애들은 이걸 못한다는 고정관념을 가지고 있는 게 아닐까. 그 어린 애들도 그렇고 각 나이마다의 장점이 있는데. 예를 들어 어린 애들은 순수하고 나이가 많은 사람들은 그 동안의 경험으로 인해 노하우가 있는 것처럼.

#재수학원

휘익, 갑자기 시험지와 함께 날라 온 바람이 날 추억여행에서 꺼내주었다.

'아, 잠 다 깼네. 그 할머니 진짜 좋으셨고 마치 친구랑 얘기하는 것 같았는데.'

나는 비몽사몽하며 시험지를 주워 날라 온 쪽으로 건네주었다. 그 순간 나는 시험지를 받는 사람의 얼굴을 보며 놀랄 수밖에 없었다.

눈 밑에 푸른 점은 더 예뻐져 있었다.

글을
마치며

처음 글을 쓰기 시작했을 때 어떻게 쓸지 바로 떠오르지 않았고 고정관념이라는 주제도 어려웠다. 그래서 도서관을 한번 쭉 둘러보았다. 그랬더니 나처럼 고민을 하는 친구들이 보였고 그들과 나의 공통점인 나이가 떠올랐다. 그리고 동아리 시간에 읽은 순례주택이라는 책에서도 나이에 비해 성숙한 아이와 늙었어도 생각이 젊으신 할머니가 나오는데, 이걸 보고 '어려도 잘 할 수 있다.'에 대해 쓰기로 마음먹었다. 글을 쓰는 건 어렵고 힘들지만 다 쓰고 나니 한 권의 책을 만드는 데 나의 노력도 조금 들어간 것이 뿌듯하고 좋다. 다음에 기회가 된다면 더 멋진 글을 쓰고 싶다.

저를
소개합니다

심소영

◇ 나이: 15세

◇ 꿈: 웹툰 작가

◇ 취미: 그림 그리기

◇ 좌우명: 나답게 살자

◇ 내가 좋아하는 책: 판타지, 추리 소설

◇ 현재 관심사: 음악이나 친구 등 여러가지

∞_꿈

"넌 꿈이 뭐야?"

매우 형식적이고, 별 의미 없는 말이다. 사실 진짜로 내 꿈이 궁금해서 이런 질문을 하는 사람은 없을 것이다. 그저 대화를 이어갈 때 기본적으로 묻는 내용에 '상대의 꿈'이 포함되어 있을 뿐이다. 나는 상대가 내 꿈에 큰 관심이 없다는 걸 알기 때문에 이 질문을 받으면 항상 이렇게 대답했다.

"의사."

***

나는 어릴 때부터 어른들에게서 똑똑하다는 말을 자주 들었다. 5살 때 동화책을 가져와서 또박또박 읽으면 언제나 어른들은 '우리 서현이, 천재다, 천재!'라며 '나중에 의사 시키면 돈도 잘 벌고, 딱 맞네!'라는 말씀을 하셨다. 엄마는 그런 말들에 귀가 솔깃해져서 내가 6살이 될 무렵부터 과외 선생님을 붙였다. 의사가 되면 평생 잘 먹고 잘 산다며 똑똑한 애들을 의대로 골인시키려던 부모들이 대부분이던 그때, 과외 선생님이 하시던 내 칭찬은 엄마의 학구열에 더욱 불을 붙였다. 그렇게 어릴 때부터 내 꿈은 의사로 정해졌다.

01_김서은

매일 아침 8시에 집을 나서면 새까맣고 긴 생머리를 늘어뜨린 단정한 여학생이 현관을 바라보고 있다.

"왔어? 가자."

내 친구 서은이는 항상 나와 같이 등교한다. 서은이의 꿈은 일러스트레이터이다. 내겐 조금 생소한 직업이었지만, 작년에 중학교에 올라와서 서은이를 만난 뒤로 일러스트레이터에 대해 알게 되었다. 일러스트레이터는 게임회사나 디자인 회사에서 일하면서 일러스트를 의뢰하면 그림을 그리고 돈을 버는 직업이라고 한다. 실력이 뛰어나면 프리랜서로 일하면서 외주를 받을 수도 있는데, 서은이는 프리랜서를 목적으로 보고 있다고 한다. 회사에서 일하는 것보다 프리랜서로 일하면서 외주를 받는 게 오히려 돈을 더 많이 벌 수 있단다. 유치원 때부터 그림 그리기를 좋아하던 서은이는 유치원 때 같은 반 친구들의 그림 신청을 거절하느라 진땀을 뺀 적이 있다고 했을 정도로 실력이 좋다. 나도 이런 서은이와 친해지면서 가끔 그림을 그리는데, 대부분이 낙서이지만 이따금 각을 잡고 그릴 때면 칭찬을 받는 편이다. 그림을 그릴 때면 잡생각이 나지 않고 생각이 정리되는 느낌이라 작년부터 내 취미는 '그림 그리기'가 되었다.

"그나저나 그거 생각해 봤어?"

"어떤 거?"

"내 인별에 네 그림 올려도 되냐고 저번에 물어봤었잖아."

"아, 그거."

서은이는 개인 SNS에 자기가 그린 그림을 올린다. 너튜브에서도, 인별에서도 활동 중인 서은이는 지인들을 제외한 팔로워도 좀 있는 편이다. 그런데 내가 이틀 전에 잘 그려진 그림이 나왔다며 서은이에게 자랑을 좀 했더니, 이런 그림은 꼭 기록으로 남겨야 한다며 그림을 인별에 올려도 되냐고 물었다. 나는 이름을 밝히지 않더라도 내그림을 다른 사람들이 볼 수 있다는 것이 꺼려져서 대답을 미뤘다.

"친구가 그렸다고 하고 올릴 건데 그것도 안 돼? 사람들이 좋아할 텐데."

"그래도 보는 사람이 많으니까 좀…. 부담스러워서."

"아…. 그러면 어쩔 수 없지."

서은이의 얼굴에 아쉬움이 가득했다. 내 그림이 뭐라고 그렇게 아쉬워하는 걸까. 내가 그림을 그렇게 잘 그리는 건가? 나보다 잘 그리는 사람들이 얼마나 많은데….

02_소질

"이번 미술 수행평가 만점이 너희 반에는 둘이나 있더라?"

"오~"

반 아이들의 만점자를 향한 부럽다는 감탄사가 들리고, 만점자의
이름이 불린다.

"김서은."

"오오~"

서은이. 당연한 결과 같다. 중학교 1학년 때부터 미술만큼은 서은
이가 특출나게 잘했다. 두 번째 만점자는 누굴까? 궁금하다.

"그리고 최서현."

"오~!"

"…에?"

'나? 내가? 만점? 미술을? 서은이랑? 헐.'

당황스럽다. 내가 그렇게 잘 그렸던가? 일단 만점이라니 기분은 좋
다. 서은이가 날 향해 뒤돌아보며 싱긋 웃는다. 잘했다는 뜻인 것 같다.

"자, 조용해. 수업한다."

뭔가 아침의 질문에 대한 대답을 들은 것 같다.

너, 그림에 소질 좀 있는 것 같다고.

03_첫걸음

미술 시간 후, 쉬는 시간에 서은이가 와서는 마치 엄마처럼 뿌듯
해했다.

"내가 너 그림 잘 그린다고 했지! 이참에 의사 말고 그림 쪽으로 진

로 바꾸는 건 어때? 나랑 같이!"

잠시 솔깃했지만, 그림은 그저 취미라고 생각해서 거절했다. 아직 내게는 공부가 길인 것 같다. 지금까지 의사라는 꿈만 보고 살았는데 이 한 마디에 넘어가는 것도 아닌 것 같았다.

"야, 아니면…. 내 인별이 부담스러우면 네가 계정 만들어서 올려봐! 안 돼? 그림 진짜 잘 나왔는데 아깝잖아…."

"큭큭. 알겠어. 올려볼게. 네가 그러니까."

"헐 진짜? 잘 생각했어! 올리면 알려줘. 내가 첫 번째로 볼 거야!"

서은이가 자식 성공시킨 어머니 같아서 좀 웃겼다. 이렇게 원하는데 까짓것 올려보기로 했다. 미술 시간 이후로 그림 실력에 자신감이 좀 붙었나 보다.

***

"이건 어떻게 올리는 거야…."

집에 와서 바로 그림을 올리려 했는데, 해본 적이 없어서 앱을 다 뒤지고 있다. 이럴 때면 오빠가 기계치라고 놀렸던 것도 내심 이해가 간다.

"아, 찾았다."

업로드 버튼을 누르고 가장 최근에 그린, 서은이에게 전에 보여줬던 그림을 눌렀다. 내가 각을 잡고 그린 9번째 그림이었다.

【게시물이 게시되었습니다.】

"휴."

사람들에게 노출되지 않을 그림이라 생각하니 부끄럽지 않았다. 서은이의 인별에 올렸다면 댓글이 달릴 때마다 불안했을 것이다.

> 서은아 나 그림 올림!

문자를 보내는데 환히 웃으며 내 게시물을 찾을 서은이가 눈에 선했다.

서은 　헐 진짜? 아이디 뭐야?

역시나. 나는 웃으며 아이디를 보냈다.

> cherish_drawing

04_하루

다음 날 아침, 게시물의 좋아요 수는 3개였다. 하나는 서은이, 하나는 지예, 나머지 하나는 모르는 사람이었다. 관심을 받을 생각으로 올린 것은 아니었지만 하루 동안 좋아요 수가 3개인 것은 좀 실망스러웠다. 그나마 모르는 사람이 좋아요를 눌렀다는 사실이 그 실망스러움을 조금 덜어주었다.

"서현아, 이번 주부터 시험 기간인 거 알지? 시험 기간엔 수업에 집중 잘해야 돼, 알지? 졸지 말고, 멍 때리지도 말고, 선생님 말씀 필기하고. 또 그림 그리지 말고."

맞다. 시험 기간이다. 시험 기간인 건 알겠는데 뒤에 붙는 그림은 뭔가. 엄마는 내가 서은이와 친해진 뒤로 내가 그림 그리는 것을 꽤 못마땅해했다. 내가 하면 공부를 더 했지, 그림은 자주 그리지도 않는데 저런 말을 들으니 조금 욱했다.

"…응."

아침부터 엄마한테 짜증내면서 힘 빼고 싶지 않아 얼른 준비하고 현관을 나왔다.

＊＊＊

"야, 서현아!! 나 네 그림 봤어!!"

지예가 오늘따라 기분이 좋은가 보다. 평소보다 목소리가 훨씬 커졌다.

"봤어? 어땠어?"

"진짜 잘 그렸더라~ 나 반할 뻔."

"큭큭. 고마워."

집에서부터의 텁텁한 기분이 날아가는 것 같았다. 인정받는 기분. 언제나 좋다.

"아, 맞다. 이번 주부터 시험 기간인데 주말에 같이 공부할래?"

"야, 너무 바쁜 거 아니야? 공부는 천천히 해도 돼~"

"나는 할래. 이번에 꼭 성적 올려야 함."

"헐, 김서은, 의외다? 그럼 나도 같이해!"

"오~"

"큭큭."

기분이 좋다. 친구들이랑 있으면 마치 온몸이 정화되는 기분이다.

*＊＊

지잉-

휴대폰 진동이 울린다.

【kim_409님이 회원님을 팔로우하기 시작했습니다.】

'kim_409? 아, 서은이다.'

학교에서 지예나 서은이가 친구들에게 날 알려줬는지 아침보다 좋아요와 팔로워가 좀 늘었다. 좋아요 12개, 팔로워는 서은이까지 7명이다. 취미로만 생각했던 그림 그리기에 관심이 생긴다. 다른 그림을 또 올려보고 싶은 생각까지 든다. 누군가에게는 7명이 적은 숫자겠지만, 내게 7명은 내 입꼬리를 올려주는 특별한 사람들이다.

오늘 밤은 잠들기 편할 것 같다.

05_행운

처음 그림을 게시하고 일주일이 지났다. 일주일 전과 달라진 게 있다면 내가 그림 하나를 더 올렸다는 것이다. 두 번째 게시물은 첫 번째와 달리 대충 그린 낙서였다. 그런데 내 생각과는 달리 두 번째 그림은 좋아요의 개수가 더 빨리 증가했다. 이제 첫 번째 그림은 좋아요가 33개, 두 번째 그림은 22개이다. 게다가 팔로워도 35명으로 늘었다.

시험 기간에 SNS가 이리 보람차도 되는 걸까. 만약 엄마가 알았다면 바로 앱을 지우려 했을지도 모른다. 엄마의 소원과는 달리 요즘 나는 그림을 그리는 시간이 더 늘어났다. 인별에 그림을 올리고 좋아요가 늘어가는 모습을 보면 내가 스스로 무언가를 한 것에 대한 보상을 받는 것 같은 느낌이 든다. 마치 그림이 내 삶의 반을 차지한 것 같다.

"서현아, 너 친구들 사이에서 그림 잘 그리는 애로 소문난 거 알아? 이번에 올린 것도 완전 예쁘던데."

"그래도 그림 잘 그리는 애 원조는 너잖아~"

"네 그림 진짜 일러스트레이터가 그린 것 같다고 하는 애들도 있던데, 뭐!"

"큭큭큭."

지잉-

"어?"

인별 알림이다. 등교 시간부터 누가 남의 그림을 보는지, 아침부터 나를 기분 좋게 만든다.

지잉-

지잉-

지잉-

"헐, 뭐야?"

나는 재빨리 인별에 들어가 보았다. 팔로우 알림이 하나, 둘,… 여덟 개.

"서은아, 대박. 이거 봐."

팔로워의 앞자리가 4로 바뀐다. 처음엔 인기가 싫어서 이 계정을 만든 건데, 계획과는 많이 달라진 것 같다. 그러나 나는 지금이 더 좋은 것 같다.

"한꺼번에 이렇게 여러 명이 팔로우할 수가 있나? 아는 사람이야?"

"아는 사람은… 아닌 것 같은데."

"오~ 뭐야, 모르는 사람한테 인정받은 거임?"

"날 어떻게 찾은 거지? 알고리즘에라도 떴나?"

"…어? 이 사람 내 팔로워 같은데? 내가 팔로우 한 사람 중에 너 있어서 들어와 본 듯?"

"오~ 이렇게 친구 덕을 본다고?"

"너 진짜 인기 많아지겠다~. 보통 공부에 몰빵하는 애들은 이런 거에 관심 없던데, 넌 열심히 하는 것 같아서 좀 의왼데?"

"큭큭…"

공부라는 말에 엄마가 떠올랐다. 기분이 좀 안 좋아졌다.

06_엄마

내가 공부에 소질이 있다는 것을 깨달은 10년 전의 엄마는 내가 7살이 될 무렵 내 두뇌 발전을 위해 피아노 학원을 등록해서 다니게 했다. 당시의 나는 하기 싫었지만 한 달쯤 있다 보니 적응이 되어서 괜찮았다.

커서도 피아노를 계속 치다가 중학생이 되어서는 공부에 집중해야 한다며 엄마가 피아노 학원을 끊어버리는 바람에, 그 뒤로는 학원에 가지 못했다. 엄마는 내가 어릴 때부터 나를 공부 잘하는 아이로 키워 의대에 보내고 싶어 했다. 나는 자연스럽게 공부에 흥미를 가졌다. 그러지 않으면 엄마가 학원을 등록할 때마다 반항심만 커지고 엄마와 매일 싸웠을 것이기 때문이다. 내가 다니는 학원, 내가 커서 되고 싶은 것에도 내 의견은 없었다.

어릴 때의 나는 커서 의사가 될 것이라는 어른들의 기대를 먹고 자라 현재의 '장래희망이 의사인 아이'가 되었다. 그러나 그것은 내가 진짜 좋아하는 것이 무엇인지 깨닫지 못했을 때까지만이었다.

07_갈등

오후 8시, 서은이가 올린 게시물에 내 아이디가 태그되자 몇몇 사람들이 내 그림을 보러 와서 좋아요를 눌러주었다. 이제 팔로워가 58명이다. 나는 세 번째 게시물로 학교 점심시간에 그린 낙서를 올렸다. 그리고 게시물을 올리기 무섭게 서은이의 댓글이 달렸다.

【kim_409: 야 완전 예뻐 ㅜㅜ 이런 분위기 캐릭터 진짜 잘 그리는 듯.】

서은이가 또 내 입꼬리를 끌어올린다. 형식적인 말이라는 것을 알지만 들을 때마다 기분이 좋아진다.

탁-

거실에서 세게 부딪히는 소리가 들린다. 분명 엄마가 폰케이스를 덮는 소리일 것이다. 불길하다.

'뭐지?'

"최서현, 잠깐 나와 봐."

'아, 성 붙였다. 혼나겠네…. 그림 그린 것 들켰나?'

거실로 나가 보니 소파 중앙에 엄마가 다리를 꼬고 팔짱을 낀 채 앉아 있었다. 검은 소파는 분위기를 긴장시키는 데에 충분했다.

"이거, 너 맞지?"

쿵_

내 인별 계정, 내 그림이었다. 팔로워 58명, 게시물 3개, cherish_drawing. 나인 것이 분명했다.

'어떻게 안 거지? 엄마도 저 앱이 있었나? 엄마가 시험 기간이라 그림 그리지 말라고 했을 때, 그때부터 알았나? 왜 그때 안 혼내고? 모르는 사람이 누른 좋아요 하나가, 그게 엄마였나? 아니 뭐가 이래!'

"…."

"…엄마가 너 그림 처음 올렸을 때부터 봤어. 호기심 많을 나이니까 그림 한 번쯤은 올릴 수도 있다고 생각했었는데, 시험 기간에는 좀 자제해야 하지 않겠어? 그림 그릴 시간에 역사에서 나라 한 개 정도는 외웠겠다! 너 그러다 성적 떨어지기라도 하면 어쩌려고."

또 성적 얘기. 엄마는 내가 의사가 하기 싫다고 하면 쓰러질 것이다.

"응…."

죄송하다는 말은 죽어도 하기 싫었다. 내가 잘못한 게 아니지 않은가? 그냥 엄마가 생각하는 대로 안 하니까 화가 난 거면서.

"후…. 휴대폰 줘 봐. 그 앱 지우게."

"뭐?"

앱을 지운다니, 요즘 내 삶의 낙이 그림 그리고 인별에 올리는 건데!

"앱이 없어야 공부에 집중하지. 얼른 줘."

"싫어. 나도 하고 싶은 게 있다고."

말을 하면서도 두근거렸다. 엄마한테 반항하면서 내 의견을 말해 보는 건 처음인 것 같다. 아마 약간 정신이 나갔나 보다.

"…허. 시험 기간에 그림 그리고 싶다는 게 할 말이니?"

"…나 전에 하던 공부량이랑 지금 공부량이랑 똑같아. 그림은 공부 다 하고 잘 시간에, 내가 내 시간 내서 하는 거야. 성적 안 떨어지게 할 거니까 앱은 지우지 마."

"이게 싸가지 없이… 핸드폰 줘!"

"아, 좀! 하지 말라고!"

이때부터 나도 겁이 없어졌나 보다.

"솔직히 지금 다니는 국어, 수학, 사회, 과학, 영어, 한자까지 다 엄마 멋대로 등록한 거잖아! 누가 공부만 그렇게 열심히 하고 싶대? 나도 내가 하고 싶은 거 하고 싶다고! 의사 말고, 그림 배우고 싶다고!"

이 말을 할 때 아마 엄마 이성의 끈이 끊어졌던 것 같다.

"허! 너, 엄마가 너 잘되라고 이러는 거야. 비싼 돈 주고 학원 보내 났더니 그림? 넌 머리도 좋은 게 왜 그런 걸 하려는 거야? 의사 되면 돈도 많이 벌고 편하게 살 수 있는데!"

"내가 남는 시간에 취미 생활하고 싶다는 거잖아. 나 진짜 엄마가 공부만 시켜서 엄마 생각만 하면 기분 좋다가도 스트레스 받을 지경이야. 머리 좋으면 꼭 의사 돼야 해? 그냥 엄마가 의사 딸 있으면 자랑거리 생겨서 그러는 거 아니야?"

"이게…!"

짝–

세상이 돌아간다. 맞았다는 걸 깨닫고는 눈물이 핑 돌았다.

"네가… 어떻게 그런 말을 해?"

이럴 때는 오빠랑 아빠가 늦게 들어오는 게 다행인 것 같다. 특히 이 자리에 오빠가 있었으면 불똥이 오빠에게 튀었을지도 모른다. 아빠는 내가 맞은 걸 알면 엄마와 싸우고도 남겠지. 불행 중 다행이다.

"들어가!"

엄마가 답지 않게 큰 소리를 냈다. 나는 내가 할 수 있는 만큼 얼굴을 최대한 일그러뜨린 채 방에 들어가서 문을 쿵 닫았다.

"흐흑…."

방에 들어오니 참았던 눈물이 터진다. 침대에 쪼그려 앉아서 심호흡하니 마음이 한결 나아졌다. 혼자서 생각을 정리하다 보니 내가 왜 그렇게 욱했을까, 생각이 든다. 이 일로 한동안 엄마랑 서먹하겠지.

'진짜 왜 그랬냐, 최서현….'

어쩔 수 없었다. 이미 지나간 일이었다. 엄마와 싸우기 싫어서 앱을 지웠다면 그것도 그것대로 후회했을 것이다. 이런 일들이 언젠가는 디딤돌이 된다고 했다. 오늘은 체력 소모를 많이 해서 그런지 피곤하다. 뺨도 좀 따갑다. 악몽만은 꾸지 않기를.

08_위로

오늘은 토요일이다. 집에서 엄마랑 같이 있으려니 매우 어색해서 학원에 가기 전에 급하게 서은이랑 약속을 잡고, 학원이 끝난 뒤에 서은이를 만나러 갔다. 엄마에게는 시험공부를 한다고 했지만, 사실 서은이를 만나서 어제 있었던 일을 털어놓고 위로를 들을 생각이다.

"어? 여기!"

"아~ 안녕~"

서은이의 밝은 얼굴을 보니 마음이 사르르 녹아내리는 것 같다. 서은이는 남을 행복하게 만드는 힘이 있는 것 같다.

"네 것까지 시켜놨어. 자몽 아이스티 맞지?"

"맞아. 고마워! 얼마야?"

"됐어~ 별로 안 비싸."

"그래도~ 아! 오늘 할 말 있다며? 무슨 말인데?"

"아…. 그게 뭐냐면…."

나는 어제 있었던 일을 서은이에게 말했다. 좋아요를 누른 사람이 엄마였다는 것부터, 엄마한테 솔직히 말했다가 싸우게 되었다는 것까지. 맞았다는 말은 걱정할까 봐 쏙 뺐다.

"헐…. 그랬구나…. 근데 나는 자기가 하고 싶은 걸 하는 게 맞다고 생각해. 뜬금없이 하고 싶다고 하면 무모한 거지만, 너는 재능도 있고…. 공부도 계속하는 거니까!"

"고마워…. 그 말이 듣고 싶었어."

"그래서 결국 앱은 지킨 거야? 대박."

"큭큭. 오늘 엄마 설득해서 이번 시험에 성적 오르면 내가 그림 그리는 데 간섭하지 말라고 해보려고. 미술 학원도 다녀보고."

"와…. 너 대단하다. 엄마한테 맞고도 설득을 하려 하다니, 멘탈은 진짜 존경스럽네."

"…티 나?"

"나지 그럼. 거기만 분홍빛인데? 아무튼…. 잘되길 바랄게."

"…고마워."

09_가족

아빠 서현아, 엄마랑 얘기해 봤어.

미술 학원 다니고 싶다고 했다며?

네가 엄마한테 그렇게 말하고 난 뒤에
아빠가 오빠랑 같이 엄마 잘 설득했다.

아빠는 서현이 응원해.^^ 파이팅!

오빠 야 내가 엄마가 너 혼내려던 거 막음.

나중에 밥 사라 ㅋ

엄마가 성적 올리면 학원 보내준대. 잘해 봐.

엄마 서현아, 이번 시험에서 성적 올리면 학원 보내줄게.

대신 공부 절대 소홀히 하면 안 된다.
앞으로는 엄마가 네 의견도 물어보고 정할게.

엄마는 네가 잘할 걸 안다. 사랑해.

10_cherish_drawing

결과적으로, 나는 미술 학원 등록에 성공했다. 국어에서 성적이 좀 간당간당했지만, 과학에서 100점을 맞은 덕에 평균을 올릴 수 있었다. 이 소식에는 서은이가 가장 기뻐했다.

엄마와는 현재 사이가 좋아졌다. 내가 의사를 포기했다는 것에 대해서는 많이 아쉬워하셨다. 그러나 내가 미술 학원을 등록한 뒤 찾아온 첫 번째 어버이날에 엄마를 그려드렸더니 엄마는 한 달 동안이나 그 그림을 프로필 사진으로 쓰셨다. 그만큼 내가 그림을 그리는 것에 대해서 만족하시는 거겠지?

후에 다른 사람들은 내 선택을 비웃을지도 모른다. 그러나 나는 그림을 그릴 때마다 보람을 느끼기에 절대 후회하지 않는다. 그리고 후회하지 않은 결과, 나는 지금 서은이와 같이 일러스트레이터로 일한다. 서은이와 나, 둘 다 꿈을 이룬 셈이다. 돈은 의사보다 못 벌겠지만, 뭐 어떤가. 내가 하고 싶은 것을 한다는 게 내게는 큰돈을 받는 것보다 더 행복하고 값진 일이다.

사람들은 각자 자신이 가야 할 길이 있다. 그리고 그 길은 자신의 확고한 의지와 그 의지를 다지게 하는 소중한 사람의 응원만 있다면 누구나 개척해 나갈 수 있다.

나, 일러스트레이터 최서현의 길은
'cherish_drawing', '그림을 소중히 하는'이다.

글을
마치며

　나는 어릴 때부터 그림 그리기와 웹툰 보기를 좋아해서 내가 웹툰의 스토리 구상을 할 수 있는가에 대해서는 생각해 보지 않고 무작정 웹툰 작가가 되고 싶다는 꿈을 품었다. 그러나 이렇게 긴 글을 직접 써보니 이야기를 쓰는 것이 생각만큼 쉽지 않다는 것을 느낄 수 있었다. 저절로 상위권 웹툰을 그리는 작가분들이 존경스러워졌다.

　나름대로 열심히 쓴 글이지만 개인적으로는 주위에서 흔하게 볼 수 있는 내용이라고 생각되어서 조금 부족하다고 생각한다. 그렇지만 처음 쓴 글치고는 나쁘지 않다고 생각하기로 했다. 경험을 한 번 해봤으니 다음 기회가 있다면 그때는 더 나은 글을 쓸 수 있을 것이다. 나중에 내가 어른이 되었을 때 현재를 생각하게 된다면, 여러 추억 속에 '책쓰기 동아리'가 조그맣게 자리하고 있길 바란다.

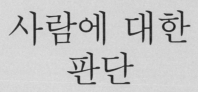

사람에 대한
판단

김명윤

저를
소개합니다

김명윤

◇ 나이: 15세
◇ 꿈: 교사
◇ 취미: 음악 듣기
◇ 좌우명: 포기하지 말자
◇ 내가 좋아하는 책: 위대한 개츠비
◇ 현재 관심사: 영화 감상

　나는 지금 사람을 쉽게 판단해버리는 고정관념에 대해 쓰려고 한다. 요즘은 사람들이 오로지 사람의 겉모습, 주거지, 재산 등 눈에 보이는 것들로만 쉽게 판단하고, 차별해버리고, 고정관념을 가진다.

　하지만 이것은 당사자에게도 실례일 뿐 아니라 자신에게도 큰 불이익이다. 왜냐하면 내면이 아름다운 사람을 절대 찾을 수 없고, 따라서 나에게 소중한 인연이 될 사람들을 놓치게 되기 때문이다. 우리도 그걸 마음 한구석으로는 알고 있다. 그러나 우리는 막상 그 상황이 되면 외면으로 판단하고는 한다. 그래서 우리는 외면을 가꾸는 데 있어서 정성을 들이고, 많은 시간과 돈을 들인다.

　만약 내가 외면을 보지 않더라도, 이미 우리 사회는 외모지상주의와 자본주의에 익숙하고 뇌리에 깊숙이 박혀 있다. 그러나 한 명, 한

명씩 바뀌기 시작한다면 언젠가는 바뀔 수 있을 것이다.

그리고 나는 그러한 한 명, 한 명을 만들기 위해 본격적으로 한번 글을 써보겠다.

1. 겉모습과 내면은 확연히 다를 수도 있다.

겉모습이 아름다우나 내면이 망가져 있을 수도 있고, 겉모습은 아름답지 않을지라도 내면이 아름다울 수 있다.

예를 들어서 연예인들이 과거에 학교폭력을 행사한 것이 드러난다거나 얼굴은 무섭게 생겼지만 기부를 하는 등의 선행을 이어간다.

그렇다고 해서 겉모습과 내면이 항상 다른 건 아니다. 둘 다 아름다울 수도, 둘 다 아름답지 않을 수도 있다. 하지만 모두 완벽한 사람은 드물기에, 사람들은 둘 다 거의 완벽하게 만들기 위해 항상 자신이 부족하다 느끼는 것에 노력한다.

2. 사람은 정신이 몸보다 중요하다.

이런 말이 있다. 흔하게 들을 수 있는 말이다,

"몸이 다치면 치료하면 되지만, 마음이 다치면 평생 간다."

이처럼 우리는 몸보다는 정신의 영향을 더 많이 받을지도 모른다.

또한 외면과 내면을 다루는 이야기도 많다. 대표적으로 '미녀와 야수'라는 이야기가 있다. 이 이야기는 거의 대부분의 사람들이 알 정도로 매우 유명한 이야기이다. 대부분 다 알고 있겠지만, 이 이야기의 줄거리는 주인공 벨이 야수의 외면을 보고 무서워하지만, 나중에는 야수의 따뜻한 내면을 보고 마음을 연다. 그런데 마지막에는 야수가 잘생긴 왕자로 변한다.

나는 만약에 못생긴 왕자로 변하거나 그대로 있었다면 어땠을지 상상해 보았다. 만약 그랬다면 관객들의 평가가 원작보다는 낮지 않았을까? 물론 내 생각이다.

아무튼 나는 이 영화를 보면서 내면이라는 주제를 다루면서 외면도 중시하는 이중적인 모습을 보이는 점에서 약간의 쓸쓸함을 느꼈다. 외면을 중시하는 것은 안 바뀔지도 모른다.

하지만 외면은 태어날 때부터 갖고 태어나고 내면은 후천적으로 발전시키는데, 너무 불공평하지 않은가? 따라서 우리는 각자의 노력, 즉 내면으로 판단할 수 있어야 한다. 공정함이 매우 중요하게 여겨지고 있는 시대인 만큼, 내면도 공정하게 생각할 줄 알아야 한다.

이러한 시대 흐름에 따라 대기업들도 바뀌고 있는데, 내면과 인성, 그리고 능력만으로 뽑는 기업들이 점점 많아지고 있다. 여기에 따라서, 능력과 내면 관리에 시간을 쏟고, 그것이 자신의 필살기가 되어야 한다. 점점 겉모습의 시대는 저물어가고 있다.

그렇다면 외면에는 무엇이 있는지에 대해서 깊게 들어가 보자.

겉모습에는 돈, 학력 등이 있는데, 이것들에 대해서 써보도록 하겠다.

1. 돈

돈은 중요하다. 살아가는 데 있어서 돈은 정말 필수적이다. 없으면 살 수 없다.

최근 폭우로 인해서 반지하에 물이 들어와서 피해를 입거나 사망한 사람들이 있다. 사람들이 반지하에 사는 이유는 금전적 이유로 인한 게 많을 텐데, 이렇게 돈은 생명과도 이어진다.

이렇게 사람들은 이런 사례를 보면서 돈을 중요하게 생각하게 된다. 그리고 돈이 많은 사람들을 부러워하고 그렇게 되고 싶어 한다.

그러나 이 세상에는 각종 논란, 비리, 거짓, 범죄 등이 넘쳐난다. 그리고 그들 중 몇몇은 돈이 많은 사람이다. 돈이 많으니 부정한 행동을 많이 할 수 있고, 그러한 행동들을 통해서 돈을 또 벌 수 있기 때문이다.

물론 돈이 많지만 착한 일을 하는 사람들도 많다. 그러나 돈이 많으면 나쁜 길로 빠져들기 쉽다. 로또 당첨자들의 사례로 볼 수 있다. 로또 1등 당첨자들은 대부분 큰 돈이 생겼음에도 나쁜 길로 빠져 빚쟁이가 되었다. 이처럼 돈은 나쁜 길로 빠지게 만든다.

그리고 또 다른 사례가 있다.

도시를 벗어나서 자신이 필요한 것들을 직접 구하는 사람들이 있다. 이러한 사람들은 돈에 얽매이지 않는 삶을 살지만 행복하게 산다. 하지만 돈을 많이 벌기를 원하고 사람들도 있다. 이러한 사람들은 돈을 많이 버는 것을 행복이라고 생각한다.

이처럼 사람들에게는 저마다의 돈에 대한 가치가 존재한다. 그런데 돈으로 사람을 판단하는 건 불합리하다.

2 학력

사람들은 학력으로도 사람을 판단한다.

사회에서도 학력을 중시한다.

사회에서는 대학교를 나오지 않은 사람을 낮춰 보는 사람도 있고, 취업할 때도 학력을 많이 본다.

하지만 학력은 경제적 여유가 필요하다. 공부를 하는데도 경제적인 여유가 있어야 학비를 내고, 책을 사고, 강의를 듣는 등을 할 수 있기 때문에, 공부를 하는데는 돈이 필요하다.

그런데 경제적 사정으로 인해서 공부를 하고 싶어도 하지 못하는 사람이 있는 반면에, 경제적 여유가 있어도 공부를 많이 하지 않는 사람도 있다.

또한 자신의 꿈을 위해 대학 진학 대신 다른 길을 선택하는 사람도 있다.

이렇게 다양한 경우가 있는데 학력으로 차별하는 것은 자신에게 큰 손해이다. 학력이 안 좋아도 천재일지도 모르기 때문이다.

또한 대학교를 나오지 않아도 충분히 성공할 수 있으며, 시간을 꿈에 더 많이 투자할 수 있어서 효율적일지도 모른다.

따라서 사람에 대한 판단은 기준이 없으며, 자기 자신만이 자신을 판단할 수 있다.

글을
마치며

한 번쯤은 들어봤지만 곰곰이 생각해 보지 않았던 주제를 이번 시간을 통해 깊이 생각할 수 있어서 좋았다.

이 글을 쓰면서 더 많은 걸 느끼게 되었고, 앞으로는 더 이상 외면으로 판단하지 않을 것 같다. 다른 중요한 가치관이 생겨서 좋았다.

또 여러 검색과 탐색으로 내가 몰랐던 것들도 알게 되었고, 세상을 이해하는 데 한 발자국 더 나아간 것 같다. 성장 중인 나에게 이런 시간은 마음이 크게 성장할 수 있었던 시간이었다.

글을 쓰느라 힘들었던 적도 있었지만 결론적으로는 나의 글쓰기 실력의 성장, 가치관 형성, 정신적 성장 등 나에게 매우 의미 있는 경험이었다. 이 글을 읽은 사람들도 한번쯤 이런 기회를 가진다면 삶에서 큰 성장 계기와 인생에 대한 가치관을 형성할 수 있는 경험이 될 것 같다.

나에게 또 이런 기회가 있으면 좋겠다.

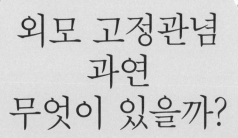

외모 고정관념
과연
무엇이 있을까?

조혜민

저를
소개합니다

조혜민

◇ 나이: 15세

◇ 꿈: 검사

◇ 취미: 음악 듣기

◇ 좌우명: 모든 일에 최선을 다하자

◇ 내가 좋아하는 책: 추리 소설

◇ 현재 관심사: 미래, 공부, 시험

1. 외모

요즘 우리는 사춘기가 오면서 외모에 대한 관심이 많이 늘어났을 거라고 생각해. 외모에 대한 관심이 늘어나면서 다른 사람들이 보기엔 내가 뚱뚱해 보이고 보잘것없어 보이기도 할 거야. 그래서 학생들이 화장하기도 하고 성장기에 도움이 되지 않는 무리한 다이어트를 해서 살을 빼려고 하는 친구들이 있어.

하지만 화장이나 다이어트를 해도 만족을 하지 못해서 심지어 중학생인 나이에 성형수술을 하는 친구들도 있어. 성형을 해서 예뻐지는 것도 좋지만 사람마다 개성이 있고 기준을 따라 할 필요가 없다고 생각해.

모든 사람이 생각하는 미(美)는 여자인 경우 키가 크고 얼굴은 예쁘고 몸매는 마르고 비율이 좋은 게 가장 예쁘다고 생각하는 사람도 종종 있어. 남자도 또한 키는 크고 얼굴은 잘생기고 비율이 좋은 게 잘생긴 거라고 생각하는 사람들이 많아.

하지만 외모를 평가하는 것보다 안 하는 게 좋아.

2 성형수술 왜 하는 걸까

나도 연예인이나 인플루언서를 보면 볼 때마다 성형을 하고 싶다는 생각이 들어. 성형수술을 하면 나도 달라질 수 있지 않을까라는 생각을 하면서 어른이 되면 성형수술을 해야지라고 마음먹을 때가 종종 있긴 해. 하지만 원래 내 얼굴은 개성이 있고 매력이 있는데 성형을 하게 된다면 개성이 사라지게 되어 나만의 매력이 없어진다고 생각해. 나는 성형을 하는 것보다 성형 대신 달라질 수 있는 방법으로 변화를 주고 싶다는 생각이 들어.

그러나 성형을 하고 싶지 않더라도 해야 되는 상황이 있어. 사람을 얼굴로 평가를 해서 성형을 하지 않아서 얼굴이 다른 사람들보다 더 외모가 뛰어나지 않으면 취업하기 힘들다고 해. 아무리 학력이 뛰어나고 우수하더라도 외모가 다른 사람들보다 뛰어나지 못해서 떨어지게 되었다는 사연을 들은 적이 있어. 외모가 인생의 전부는 아니지만 아직도 외모로 차별을 하는 상황이어서 사람들이 성형을 하는 이유라고 생각해. 그러므로 성형을 하는 이유는 내 외모에 대해 자신감이 없어서 성형을 한다고 느껴. 하지만 성형 말고도 외모에 변화를 줄 수 있는 자기개발이 많아. 지금부터 자기개발로 변화할 수 있는 것에 대해 자세히 알려주도록 할게.

3. 미용용품과 화장품

외모에 변화를 주기 위해 귀를 뚫을 수도 있고 쌍꺼풀을 테이프나 쌍액으로 만들 수 있어. 나도 내 눈이 작아 키우기 위해 쌍꺼풀 테이프를 만들어서 쌍꺼풀을 만들게 되었어. 자연스럽고 예뻐서 만족을 하게 됐어. 또한 머리카락이 생머리여서 고데기를 사용하거나 롤을 사용하는 경우를 종종 봤어. 내 친구들 중에서도 롤이나 고데기를 사용하여 머리카락에 변화를 주어서 달라 보이는 경우가 많아.

얼굴에 변화를 주기 위해 화장하기도 해. 화장품은 로드샵과 다이소 등 다양한 곳에서 팔기도 해. 학생들인 경우 돈이 없어서 다이소에서 싸게 구매를 할 수도 있는데, 다이소 것은 진짜 웬만해서 사지 않는 게 좋아.

다이소 화장품은 어떤 성분으로 만들었는지, 안전한 성분으로 만들었는지 알 수가 없고 가격도 싸서 일반 화장품들보다는 좋게 만든 게 아닐 거야.

예전에 나도 다이소 화장품을 한번 써봤는데 화장 후 잘 씻었는데도 며칠 뒤에 눈이 아파서 안과에 가보니 다래끼가 생겼다고 말하시더라고. 나만 예민한가 생각하고 대수롭게 생각하지 않고 넘겼어.

근데 친구들한테 궁금해서 한번 물어봤는데 다들 피부에 화장하는 친구들 중에 피부에 염증이 생겼다는 친구들도 있었고 여드름이 좀 생기게 됐다는 친구들도 있었어. 나와 내 친구들같이 화장품을 함부로 사용하다가는 피부가 좋아지지 않고 다래끼 등이 생길 수 있으니 주의하도록 하고 세안을 중요시하는 게 중요해.

나는 세안을 하고 난 뒤에 얼굴에 여드름이 생기지 않도록 연고를 발라. 미리미리 여드름이 생기지 않도록 관리를 잘하길 바래.

나. 키와 몸무게

외모는 우리가 자주 말하는 얼굴도 포함이 되고 체중이나 또한 키도 포함되지. 우리가 남자친구나 여자친구를 만들 때 얼굴만 보고 사귈지 말지 결정하는 게 아니라 외모적으로 키도 봐. 그래서 다들 커플 사이에 설레는 키 차이라는 말이 나오게 된 거야.

대부분의 사람들이 남녀 사이에 차이 나는 키의 선호는 10-15cm 차이가 많아. 왜 그렇게 생각하는지 직접 한번 물어봤는데, 키가 비슷하면 설레는 느낌이 많이 느껴지지 않고 그냥 또래 친구로 보인다고 해. 그럼 키가 많이 차이가 나면 눈높이가 맞지 않더라도 키 차이로 설렌다고 느껴진다고 해.

이렇게 우리는 키에 민감하고 관심이 많은 분야인데 키가 아주 큰 사람들과 작은 사람들은 키가 작은 게 많은 고민이 된다고 생각해. 나도 키가 또래보다 작은 편에 속해서 키에 대해 많은 고민을 하곤 해. 하지만 자기 키에 만족을 하면 좋지만 만족하지 못하는 경우가 있어. 그럴 때에는 외모에서 화장과 성형과 조금 다른 키를 키우고 싶어 하는 사람들이 있어.

나도 또래보다 키가 작아서 낮은 스니커즈를 신는 것을 피하고 적어도 4-5cm 정도 되는 높은 신발을 신어서 최대한 키가 작은 것을 보완하도록 노력하고 있어. 주변에 키 작은 친구들한테도 물으니 다들 높은 신발을 신는 것을 알게 됐어.

키가 크지 않으면 크기 위해 나는 최대한 줄넘기를 많이 하도록 노력하고 일찍 자도록 생활을 하곤 해. 만약 키가 작다면 지금 아직 늦지 않았으니 키가 클 수 있는 방법을 찾아 최대한 키워보도록 하자.

외모가 달라 보이기 위해 많이 하는 방법인 다이어트가 있어. 다이어트는 어렵고 힘들어. 다이어트는 무리하게 하지 않는 것이 좋아.

다이어트를 무리하게 하면 살이 급격하게 너무 많이 빠져 빈혈이 올 수도 있어. 빈혈이 오게 되면 어지러워서 일상생활하기 힘들 정도로 아플 수도 있어. 또 빈혈이 생기면 수업 시간에 공부를 할 때 내 마음은 너무 집중을 해서 선생님의 수업을 듣고 싶더라도 몸은 너무 피곤하고 어지러워 수업을 듣기 힘들 거야. 그래서 성적도 많이 떨어지고 집중하기 힘들어지지.

또한 다이어트를 무리하게 하면 살이 금방 빠져서 처음에는 좋을 수도 있겠지만 돌아오는 요요현상이 생기게 될 수도 있어. 그러면 살을 빼고 싶다는 생각이 들지 않게 되고 야식을 더 많이 먹게 되어 예전의 체중보다 더 많이 나가게 되어 앞으로 쭉 다이어트를 하고 싶다는 마음이 일도 들지 않게 될 수도 있으니 건강한 다이어트를 해보도록 하자.

건강한 다이어트는 약을 복용하는 것보다는 시간이 많이 걸리고 노력이 많이 필요해. 하지만 건강하게 다이어트를 하면 건강이 좋아질 수 있어. 건강한 다이어트를 하기 위해서는 하루 3번 아침, 점심, 저녁으로 매일 먹어야 하고, 채소, 고기, 해산물을 적절하게 먹어주는 게 필요해. 다이어트를 한다고 샐러드만 먹거나 굶을 수도 있지만 이 다이어트 방법은 꾸준히 오랫동안 유지할 수가 없고 결국에는 다이어트를 포기하게 만드는 것이야.

그러니 먹지 않고 빼면 오래 참지 못해서 결국 다시 먹게 될 수 있으니 매일 꾸준한 운동을 하면서 다이어트를 하는 방법을 추천해.

다이어트를 위해 다이어트약을 먹는 경우를 본 적이 있어. 꾸준하게 실천을 해서 체중을 줄이는 게 가장 현명한 선택이라고 생각하는 사람들도 있지만 쉽게 빼기 위해 약을 먹기도 하지. 다이어트약을 처음에 섭취하면 살이 한 달도 안 되었는데 5kg 정도가 빠지고 이렇게 살이 빠진다고 계속 섭취하는 경우가 있는데 그렇게 하면 생리주기가 불규칙해져서 생리불순이 생길 수도 있어.

그리고 약을 더 이상 먹지 않게 되면 몸무게가 빠진 상태로 유지되지 않고 서서히 올라가면서 다시 몸무게가 원상 복귀가 될 수도 있어.

몸에 좋지 않은 약을 계속 먹으면서 몸무게를 유지하는 것보다는 꾸준히 일상생활 속에서 할 수 있는 것들을 생각해 보거는 게 좋아.

5. 체형에 맞는 옷

사람마다 입는 옷에 따라 달라 보이기도 해.

운동복, 정장, 수영복 등 다양하게 있듯이 상황에 따라 입는 게 달라서 여러 가지 옷의 종류가 있잖아. 그런 것처럼 사람도 자신이 입는 옷에 따라 달라 보이기도 해.

나 같은 경우에는 키가 작아서 큰 박스티 같은 거를 안 입어. 키에 따라 또는 몸무게에 따라 옷을 다르게 입으면 확실히 달라보이게 되는 경향이 있어.

자기한테 맞는 옷을 한번 찾아보고 입어보는 건 어떨까? 나한테 잘 맞는 옷 색깔을 찾아서 입으면 분위기와 이미지도 달라보여서 좋은 점이 아주 많아. 만약 나한테 잘 맞는 색의 옷을 입으면 피부톤이 밝아 보여. 따라서 내 체형에 따라 옷을 입으면 아주 좋은 점이 많아. 그러므로 내 체형을 생각해보고 옷을 사기로 해보자.

6. 앞으로 우리가 해야 할 것

모든 사람이 생각이 달라서 사람마다 판단하는 게 달라. 그러니 다른 사람이 하는 말에 상처받지 않도록 자아존중감이 높도록 긍정적으로 생각을 하자. 긍정적으로 생각하면 내 외모에 대한 부정적인 생각도 줄게 되고 자존감도 높아져.

또한 나도 다른 사람들에게 상처를 주지 않도록 상대방의 개성을 존중하는 게 어떨까? 서로를 존중할 줄 아는 우리 멋진 중학생이 되도록 노력해 보자.

글을
마치며

　처음에는 글을 어떻게 써서 시작해야 할지 막막하고 힘들었는데 막상 한마디씩 쓰면서 글의 문단이 써지기 시작하고 글을 쓰는 것이 덜 힘들어지게 된 것 같았다.

　글을 처음에 쓰기는 어렵지만 그래도 한번 써보고 완성을 하니 글을 쓰기 전에는 아예 엄두도 나지 않았는데 글을 쓰는 게 어렵다는 생각이 들지 않고 흥미롭다는 생각이 들게 되었다. 다음에 글을 쓰게 된다면 이번에 쓴 글보다 더 잘 쓸 수 있을 것 같다.

나는 나를 나로
사랑하기로 했다

손여은

저를
소개합니다

손여은

◇ 나이: 15세

◇ 꿈: 중학교 국어 교사

◇ 취미: 책 읽기, 노래 듣기, 단 것 먹기

◇ 좌우명: 덜 잘한 선택은 있어도,

　　　　잘못한 선택은 없다

◇ 내가 좋아하는 책: 아몬드, 어린왕자,

　　　　　　　　김동식 단편 소설집

◇ 현재 관심사: 나의 미래, 인간관계, 자기개발

1. 확신이 필요해

"나는 어떤 사람일까?"

어릴 때부터 종종 내게 던져왔던 질문이다. 매번 열심히 내가 어떤 사람인지 생각해 보려 했지만, 표현력의 한계로 금세 그만두곤 했다. 내가 왜 살고, 무엇을 위해 살아야 하는지, 나는 무엇으로 이루어져 있는지 별게 다 궁금한 나이였다. 사실 지금도 궁금하다. 변한 것은 내 궁금증이 더 이상 '별게' 아니게 되었다는 것이다.

요즘 들어 자주 생각한다. 나를 제일 잘 아는 건 나인데, 그래야 하는데 나는 나에 대해 이렇게도 모르는 게 많다는 사실이 비정상적으로 느껴졌었다. 그런데 중학교 1학년, 가정 선생님이 수업 시간에 하신 말씀이 인상 깊었다. 가장 기억에 남는 건 전혀 특별한 활동과 관련된 것이 아닌 한 마디, 내가 무엇을 위해 의문을 가져왔는지 알게 해준 단 한 마디였다.

"청소년기에는 올바른 자아 정체감 형성이 중요해."

자아 정체감. 이 단어를 중학교 올라와서 처음 배웠다. 중학생이라면 모두 아는 단어지만 굳이 설명하자면, 말 그대로 '나'라는 사람이 누구인지 아는 것이라고 설명할 수 있겠다. 그 누구도 아닌 본인이 자신이 어떤 사람인지 확고하게 생각해 내어 안정된 느낌을 갖는 것 말이다. 나도 무언가에 있어서 확고함, 확실함을 가질 때 안정감을 느낀다. 그것과 마찬가지다. 내가 자기 자신에 대해 알지 못한다는 불안감에 내가 어떤 사람인지 확실하게 알고 싶었다.

나는 초등학교 저학년 때부터, 그리고 지금까지 계속해서 확실한 자아 정체성을 가지려 노력하고 있었다. 내가 어떤 사람인가의 질문에 대한 답을 찾으려 애써왔다. 그 궁금증이 명확한 전문용어로 표현되니 내가 비정상적인 게 아니라 자연스러운 현상을 겪는 중이라는 것을 알게 되어 안심되었다. 내가 궁금해하고 있는 것이 무엇인지도 몰랐던 어릴 때와 달리 내 궁금증의 정체가 무엇인지 확고히 알게 된 지금은 더욱더 그 답이 궁금하다. 궁금증의 정체를 알게 되어 후련하기도 하다.

이렇게 확실함은 언제나 나를 안정시켜줬다. 확실하지 않은 불안한 것들보단 확실함을 찾는 것이 나를 안심시켜 주니까, 나에게는 확실함이 필요했다. 그래서 그 확신을 얻고자 내가 어떤 사람인가에 대해 생각해왔던 것 같다. 내가 무엇을 좋아하고, 무엇을 잘 하는지, 무엇을 즐겨 하는지, 이 모든 궁금증을 '나는 어떤 사람인가'라는 하나의 질문으로 줄였고 이 질문은 지금 올바른 자아 정체감 형성이라는 목표로 바뀌었다.

사실 올바르고 바르지 않고의 기준이 무엇인지도 잘 모르겠다. 목표부터 불확실한데 내가 어떻게 '올바르게' 자아 정체감을 형성할 수 있을까? 하물며 지금보다 더 어려서 질문도 목표도 정하지 않은 채 궁금증이 해소되기만을 원하던 초등학교 때도 있었다. 차라리 궁금증이 해소되거나 제대로 된 목표를 세울 때까지 가만히 기다리는 게 더 나았을지도 몰랐다. 지금보다도 서툴고 성급했던 예전의 나는 제출일이 하루 남은 자기소개서의 빈칸을 급하게 채워나가듯, 내가 어떤 사람인지 알려고 하기보단 억지로 정해버리는 것에 급급했다.

2 천천히 해도 괜찮아

초등학교 5학년. 자아 정체감이 무엇인지도 모르고, 들어본 적도 없으면서 자아 정체감 형성을 서두르던 때였다. 사소한 것부터 시작하자면 좋아하는 색 같은 개인 취향. 나는 좋아하는 색을 가지고 싶었다. 무슨 색을 좋아하냐 물으면 바로 대답하는 친구들이 부러웠다. 내가 좋아하는 색을 알기보단 가지려 했다.

그렇게 해서 가지게 된 나의 가장 좋아하는 색은 보라색. 그저 색종이 접기 시간에 우연히 눈에 띈 보라색 색종이가 예뻐 보였을 뿐

인데, 내가 보라색을 좋아하는 건가 싶어서 아예 좋아하는 색을 보라색으로 정해버렸다. 그러곤 보라색을 고르지 않으면 죽기라도 하는 것처럼 항상 보라색만 골랐다.

그건 보라색을 좋아하기보단 보라색을 향한 집착에 가까웠다. 내 자기소개서의 빈칸을 채워넣고 싶다는 집착. 누군가가 내게 좋아하는 색을 물으면 항상 보라색이라 대답했다. 그러면서 나도 남들과 같다는, 아직 좋아하는 색도 못 정하진 않았다는 묘한 안정감과 기쁨을 느꼈다. 보라색 티와 보라색 조거 팬츠를 같이 입고 다닌 적도 있다. 양말도 보라색이었다. 머리끈도 보라색으로 맞췄다. 다니던 복싱 체육관에서 쓰던 글러브도 보라색이었다. 손에 감는 붕대는 흰색이었지만 낡아서 바꿔야 한다면 보라색을 사려고 했다.

지금 생각해 보면 글러브는 흰색이나 검은색이, 붕대는 검은색이 더 멋있었을 것 같다. 이렇게 취향이야 언제든, 상황에 따라 바뀔 수 있는데 그때는 그냥 보라색만을 고집했다. 머리부터 발끝까지 보라색으로 맞춰 입는 건 내가 봐도 이상했다. 다른 친구들이 보기에도 눈에 띄었는지 내게 보라돌이, 자주색 양배추 지시약 등의 별명을 붙여줬었다. 그때는 별명이 생기는 것마저 친근감과 유대감을 느낄 수 있어서 좋았다. 친구들이 그 별명을 불러줄 때마다 마치 친구들 속 내 자리가 있는 듯한 소속감에 오히려 좋아했다. 겉으로 티는 안 냈지만. 멧돼지나 오크 같은 괴상한 별명이 붙지 않아서 다행이라면 다행이었다.

뭐 옷 좀 이상하게 입고 다닌 정도야 조금 부끄러운 흑역사라 이제는 그 이야기가 언급되어도 웃고 넘길 수 있는 정도다. 하지만 성급한 빈칸 채우기는 단순히 개인 취향뿐만 아니라 친구관계에까지 영향을 미쳤다. 내가 어떤 사람인지 알고 싶다는, 안다기보다는 정해놓고 싶다는 성급함은 단짝 친구를 급히 정해버리는 지경에까지 이르렀다.

한창 보라돌이로 불리던 초등학교 5학년. 다들 단짝 친구를 가지고 있고 나만 없던 그때, 같은 반에 쉬는 시간마다 혼자 책을 읽고 있던 친구가 눈에 띄었다. 나는 그 친구에게서 추천받은 웹툰이 재미있었다는 이유로 그 친구를 단짝 친구로 삼으면 좋겠다는 생각을 했었다. 초등학교 고학년이 되어 생각은 많아졌지만 생각의 깊이가 얕았던, 그래서 인기가 많은지, 적은지가 친구 무리를 나누던 시절이었다.

지금 생각해도 좀 속상하지만 나는 친구 사귀는 법을 잘 몰랐다. 낯을 많이 가렸고, 취향도 남들과 달랐다. 심지어 눈에 띄려고 일부러 특이한 걸 좋아했다. 남들 다 좋아하는 흔한 것을 좋아하기엔 왠지 자존심이 상했다. 쓸데없이 자존심만 세우다가 괜히 쉬는 시간엔 엎드려 잤다. 다른 친구들은 잘만 어울려서 놀고 있는데, 듣기만 해도 정말 즐겁다는 게 느껴지는 그 밝은 웃음소리들 사이에 나는 낄 수 없어서, 나는 함께 웃으며 떠들 수 없어서 그게 너무 부끄러웠다. 그래서 쉬는 시간마다 혼자 있던 그 친구와 친해지면 좋지 않을까 하고 자주 말을 걸었다. 억지로 친해진 친구였다. '베프', '찐친', '절친', '단짝 친구'. 우리 사이를 더욱더 특별하게 묶어주는 그 단어들에 나는 계속해서 집착했다.

그렇지만 내가 미처 생각하지 못하고 넘어간 사실이 하나 있었는데, 항상 혼자여도 당당히 책을 읽던 그 친구와 혼자라는 사실을 들키기 부끄러워서 자는 척을 하던 나 사이에는 분명한 차이점이 있었다. 털털하고 가끔은 과하다 싶을 정도로 주변에 무관심했던 그 친구는 소심함과 소극적의 대명사였던 나와 잘 맞지 않았다. 좋게 말해서 쿨한 거고 나쁘게 말하자면 무심한 그 친구에게 난 계속해서 상처를 받았다.

단짝 친구에 대한 내 집착은 계속해서 심해졌고 그 애는 그런 나를 부담스러워하며, 결국 안 맞는 점들이 계속 생기면서 나는 성급히 결정한 것을 후회했다. 개인 취향은 좋다, 싫다 바로 알 수도 있겠지만 타인과의 관계에 있어서 성급함은 가져선 안 되는 것이었다. 결국 그 애와는 6학년이 되어 반이 갈라지자 멀어졌다. 결국은 이렇게 돼버릴 거였다면 차라리 좀 더 천천히 생각하고 행동했어도 괜찮지 않았을까, 조금 후회된다.

나는 6학년이 되어서도 같은 행동을 반복했다.

"너 민초 호야, 불호야?"

초등학교 6학년. 민트 맛과 초코 맛이 섞인 민트초코 맛이 만들어졌다. 익숙한 초코맛에 치약으로만 접하던 민트 맛이 더해지자 호불호가 꽤 심하게 갈렸었다. 또 민트초코를 좋아하는 민초 파와 민트초코를 싫어하는 반민초 파로 나뉘어 편을 가르는 것이 유행했었다. 난 민트초코가 호불호가 잘 갈리는 취향 중에서도 대표적이라고 생각한다. 그만큼 많은 논쟁이 있었고, 우리 반에서도 뒤늦게 유행을 탔다. 나는 민초 파였다. 민초 파가 된 계기도 내가 보라색을 좋아하게 된 계기와 비슷했다. 새로 생긴 집 앞 카페에서 뭘 먹을지 고르다 우연히 민트초코 프라페라는 메뉴를 발견했었는데, 깔끔히 얹어진 민트색 크림이 정말 예뻐 보였다. 그 메뉴를 시켜 먹어보니 달달하지만 자칫하면 느껴질 수 있는 초코맛의 느끼함을 상큼함으로 중화시켜주는 민트 맛에 흠뻑 빠져버렸다. 그렇게 또 무작정 좋아하기를 시작한 나는 소속감을 느끼고 싶어서 민초 파가 되었다.

코로나의 대유행으로 인해 학교를 갔다, 안 갔다를 반복하던 때였다. 줌 수업 도중에 같은 반 친구들과 열띤 토론을 벌이기도 했다.

"치약 맛 초코를 왜 먹냐? 차라리 초콜릿에 치약을 짜 먹어."

"민트가 치약 맛인 게 아니라, 치약이 민트 맛인 거야. 민트도 딸기, 초코 같은 엄연한 맛의 종류인데 왜 우리 민트만 무시해? 치약에도 딸기맛 치약이 있는 것처럼 민트 맛 치약이 있는 거야. 민트는 천연재료지만 치약은 민트를 사용하여 민트 맛을 낸 가공품이라고!"

내가 확실하게 어느 한 편에 속해 있다는 소속감에 더 열심히 말했던 것 같다. 다들 내가 민트초코에 진심이라며 혀를 내둘렀다.

하지만 난 얼마 지나지 않아 깨달았다. 난 민트초코 맛 아이스크림보다 바닐라 초코 맛 아이스크림을 더 좋아했고 민트초코 빙수보다는 쿠앤크 빙수를 더 좋아했다. 난 좋아하는 색이니 친구니 무조건 하나에게만 열중하고 집착했다. 좋아하는 것은 종류별로 하나씩만 가져야 한다고 생각했다. 그렇게 편을 가르며 싸워대던 민트초코 논쟁에도 끼지 않던 친구들이 있었다. 그 친구들은 중립이었다.

인기 가수 아이유도 본인이 민트초코를 좋아한다고 밝힌 적이 있다. 하지만 얼마 후 아이유는 민트초코 맛 아이스크림은 좋아하지만 다른 민트초코 맛은 좋아하지 않는다며 본인의 취향을 차가운 민트초코만 좋아하는 민초 중도파로 정정했다.

나도 그냥 어렵게 생각할 것 없이 그때그때 내가 먹고 싶은 걸 먹으면 됐는데. 그냥 내가 좋아하는 걸 마음껏 좋아하면 됐는데 말이다. 어떤 것은 많이 좋아할 수도 있고, 어떤 것은 조금만 좋아할 수도 있다. 또 어떤 것은 상황에 따라 좋아하는 정도가 달라질 수도 있다. 세상에는 무조건 좋다와 싫다 외에도 다양한 선택지가 있고 그걸 몰랐던 나라서, 원하지 않은 걸 억지로 하며 보낸 시간들이 너무 아까웠다.

급해서 빠르게 한 선택이나 판단이 안 좋은 결과를 불러온다면 난 차라리 천천히 시간을 들여 고민하며 알아나가는 법을 선택하겠다. 천천히 해도 괜찮은 거였는데, 난 뭐가 그리 급했을까. 급하게 빈칸을 채우려 서두르던 예전의 나에게 말해 주고 싶다. 천천히 해도 괜찮았다고. 지금도 괜찮다고, 억지로 서두를 필요 없으니 그냥 천천히 하라고.

3 착한 아이

우리 또래 중 '착한 아이 증후군'이라는 것을 알고 있는 사람이 얼마나 될까? 사실 이 단어도 '자아정체감'처럼 본인이 경험했거나 경험하고 있다고 해도 모를 수 있는 단어다. 흔히 착한 아이 콤플렉스라고도 부르는 착한 아이 증후군은, 자신의 감정을 솔직히 표현하지 못하고 남에게 '착한 사람'으로 보이기 위해 자신이 원하는 것을 숨

기고 절제하려는 경향을 말한다. 증후군이라고 표현하면 뭔가 거창해 보이기도 하지만 은근히 많은 사람들이 흔하게 겪고 있는 일이다.

나도 착한 아이 증후군을 겪었다.
두 명의 '개'와 엮이게 되면서 말이다.

첫 번째 '개'를 만난 것은 초등학교 4학년. 나는 초4병을 겪으며 일찍 찾아온 사춘기를 심하게 앓고 있었다. 겨우 11살짜리, 만으로는 이제 막 10대에 들어선, 저학년과 고학년 사이의 어중간한 4학년. 지금에서야 별생각 없이 말할 수 있는 거지만, 난 그때 제대로 된 친구가 없었다. 모두가 친구고 다 같이 어울려서 놀던 아주 어렸을 때와는 다르게, 자기 생각도 있으면서 누구는 좋아하고 누구는 싫어할 수도 있지만 그 기준을 정하는 게 서툰 어중간하게 어렸을 때였다. 그래서 외모로 친구를 가른다거나 뭔가를 잘하고 못하고에 따라 차별적으로 편가르기를 하곤 했다. 부모님들은 아직 사리분별이 서툰 아이들이 나쁜 길로 빠지지 않도록 아이들의 주변 친구에 신경을 많이 썼다.
그리고 4학년 때 나는 '엄마가 놀지 말라는 애'와 같은 반이 되었다.
"너 개랑 같은 반이네?"
반 배정과 관련되어 다른 엄마들과 이야기를 나누고 온 엄마가 한숨을 내쉬며 말했다. '개'는 엄마가 놀지 말라는 애였다. 온갖 나쁜 사건을 다 몰고 다니는 사고뭉치에 말썽쟁이에 안 좋은 말은 들을 대로 다 들어온 개. 저학년 때부터 안 좋은 소문을 많이 들어서 솔직히 좀 무서웠다.

무섭든 말든 결국 다가온 개학날. 첫날이라 그런지 다들 조용했다. 걔도 그랬다. 급식실에 가기 전 교실에서 키순대로 줄을 서는데, 걔와 내가 키가 비슷했다. 걔는 내 앞에 섰다. 걔의 뒷모습은 평범했다. 걔와 관련된 소문들을 떠올리며 그 뒷모습을 빤히 바라봤다. 그 순간 걔가 휙, 뒤를 돌아봤다. 눈이 마주치자 당황한 채로 옮긴 내 시선 끝에 걔의 목걸이가 닿았다.

"너… 목걸이 예쁘다."

"고마워."

소문과는 다르게 걔는 그렇게 못된 애가 아니었다. 오히려 친절했다. 이렇게 좋은 애를 소문만 듣고 오해했구나 싶을 정도로 다정하고 예쁘기까지 했다. 좋은 친구가 될 수 있을 것만 같았다. 해마다 빠짐없이 학급 임원선거에 나가던 나는 4학년 1학기에도 부회장 선거에 나갔다. 결과는 당선. 부회장 선거에서 인기가 많던 친구를 이겼다는 그런 유치한 승리감에 쉬는 시간에 혼자서 기분 좋아하던 와중, 걔가 쪼르르 내 자리로 달려와 말을 걸었다.

"나, 너 뽑았어."

비밀 투표인데 이런 걸 말해도 되는 걸까 싶었다. 그냥 고맙다고 말하려고 했는데 생각해 보니 궁금했다.

"왜? 왜 나를 뽑았어?"

"음… 착하니까. 네가 제일 착해 보였어. 저번에 목걸이 칭찬해 줬던 거 있잖아. 그때부터 착하다고 생각했어."

"어, 고마워…"

그러곤 정적. 어색해서 아무 말이나 꺼냈다.

"… 너 소문이랑은 다른 거 같아."

"소문? 어떤 거?"

"그, 좀 안 좋은 소문들."

"아, 뭐 잘 모르는 사람들이 말하는 거잖아."

그렇게 말하며 걔는 쓴웃음을 지었다. 그 표정을 보니 안타까웠다. 괜히 챙겨주고 싶었고, 날 착하다고 말해 준 걔의 기대를 실망시키고 싶지 않았다. 걔가 나한테 내가 착하다며, 그래서 부반장을 뽑았다는 말을 한 그때부터였다.

나는 솔직히 걔의 기대와 믿음이 부담스러웠다. 차라리 말이나 하지 말지. 내가 어떤 행동을 하든지 혼자 기대하고 혼자 실망했어야지. 내 실제 모습이 어떻든, 내가 정말 하고 싶은 게 뭐든 간에 걔한테서 그런 말을 들은 이상 적어도 걔 앞에서 나는 무조건 착한 애여야 했고 착한 애 이미지를 유지하기 위해 계속해서 내가 원하는 걸 포기했다. 싫은 소리를 하는 것도 참았다. 그럴 때마다 걔는 나한테 착하다며 칭찬했고 그게 반복되자 더 이상 착하다는 소리가 칭찬으로 들리지 않았다. 오히려 듣기 싫었다. 그래도 끝까지 싫다는 소리만은 못하겠기에, 차라리 걔가 멀리멀리 전학 가주기를 바랐다.

청소를 도와달라던 사소한 부탁이 커져서 학교 앞 문구점에서 도둑질을 하라고 했다. 정말 이건 아니다 싶었지만 제대로 된 거절하기가 무서워서 학원을 가야 한다는 핑계를 대며 도망치듯 그 자리를 빠져나왔다. 그 후론 걔를 피하면서 다른 친구들이랑 다녔다.

"야, 여은아! 너 왜 걔네랑 줄 서?"

"여은이는 우리랑 먼저 줄 섰는데 네가 뭔데 그래? 여은이가 네 거야? 우리 다 너 싫어해. 여은이도 너 싫어해. 왜 자꾸 친한 척해, 네가 그런 식으로 구니까 여은이가 무서워서 거절 못 하는 거잖아."

답답하게도 난 걔가 나를 부를 때마다, 억지로 친한 척하며 따라올 때마다 거절하지 못해서 도망 다녔고 다른 친구들이 대신 거절해 줬다.

"알았어, 가줄게! 이제 됐지? 그런 식으로 애들 뒤에 숨어서 자기 의견 다른 애들이 대신 말해 주면 좋아?"

솔직히 말하자면 친구들이 대신 거절할 때마다 너무 속이 시원했는데, 걔 말을 들으니까 좀 찜찜해져서 마음 한구석이 불편했다. 내가 직접 잘 말해서 거절할 수 있을 정도로 내가 강단 있고 자기 주관이 뚜렷했더라면 좋았을 텐데. 걔에 대해 떠돌던 소문의 몇 개는 과장이었을지 몰라도, 걔는 적어도 내게는 좋은 애가 아니었다. 처음엔 걔가 나를 좋아해서 그랬다고 생각했지만, 그냥 말 잘 듣는 착한 아이인 내가 필요한 기였던 것 같다. 계속해서 말다툼이 일어나자 걔는 내가 더 이상 본인이 생각하던 착한 애가 아니라고 생각했나 보다.

"실망이다, 이런 애 아닌 줄 알았는데."

그 말 이후로 걔는 내게 말을 걸지 않았다. 실망이라는 말을 듣기가 너무 무서웠는데, 막상 겪어보니 오히려 다행이라는 생각이 들었다. 이젠 더 이상 그 애의 기대치를 채우기 위해 어떠한 노력도 할 필요 없다는 안도감에 후련했다. 진작 거절할 걸 그랬었다. 당연한 행동은 없고, 이유 없는 행동도 없다. 분명 그 애가 날 대한 태도에는 이유가 있었을 거지만, 실수든 고의든 간에 난 걔의 행동에 상처받았다. 마땅히 사과받아야 할 일이지만 또 어떨 땐 제대로 거절하거나 솔직하게 의견을 말하지 못한 내 잘못도 있지 않나 싶다. 하지만 다시 걔와 마주하고 싶은 마음은 없다.

뭐 어쨌든 중학교 2학년인 지금도 충분히 어린 나이지만 지금보다 훨씬 더 어렸던 내가 겪은 일들이 지금 생각하면 더 나은 대처법이 있지 않았을까 하고 아쉬움이 남긴 한다. 그래도 마냥 한순간의 해프닝이나 웃긴 일이라고만 넘길 수는 없다. 그때보다는 덜하지만 여전히 난 남들 눈치를 본다. 가끔 과하게 남 눈치가 보여서 주눅들고 상처받을 때도 있다. 나도 누군가가 내 눈치를 보고 날 신경 쓰고 챙겨줬으면 좋겠다는 과한 기대를 하기도 한다. 남이 날 신경 쓴다는 건 그만큼 날 좋아한다는 거니까.

그래서 두 번째 '개'를 만나선 개가 만들어낸 내 이미지에 날 맞추려고 하지 않고 개가 좋아해 줄 만한 이미지를 만들려고 노력했다. 사실은 개는 어떤 이미지를 좋아하는지, 무슨 생각을 하는지 도무지 알 수가 없는 애였다. 개가 어떤 행동을 할 때마다 대체 뭔 생각으로 저런 행동을 한 건지 이해할 수가 없었다.

처음엔 별생각 없었다. 개는 그냥 성격이 좋은, 친구의 친구 정도였다. 연락하는 횟수가 늘어나고, 가끔 진지한 이야기를 털어놓게 되면서 나는 개도 내게 고민을 털어 놓아줬으면 좋겠다는 욕심이 생겼다. 너무 나만 내 고민을 밀어붙였다는 느낌이 들어, 고민뿐만 아니라 진로 걱정 등 여러 진지한 이야기를 나누고 싶기도 했다. 하지만 진지함 자체를 싫어하는 개 때문에 이야기가 무거운 분위기로 흘러가지 않도록 매번 장난 식으로 말을 했다. 그것도 가벼워 보일까 봐 계속 고심해서 단어를 골랐다. 정말 우울한 기분일 때도, 걔랑 연락은 하고 싶고 그런데 진지한 분위기로 흘러가면 안 되니까 또 장난치면서 대화하고 웃고 떠들고 하다 보면 기분이 나아졌다. 걔도 나를 믿고 의지해 줬으면 좋겠다고 생각했다.

하지만 걔는 내가 없어도 아쉬울 거 하나 없는 사람이었다. 재미있고 눈치도 빠르고 또래에 비해 생각이 깊은 걔를 좋아하는 사람이 많았기 때문이다. 걔는 항상 밀려오는 연락들에 답장하느라 바빴고 내 연락은 그 밀려오는 연락들 중 하나일 뿐이어서, 내가 아무리 걔를 칭찬하고 응원해도 걘 내게 무심했다. 문득 걔한텐 내가 걔를 좋게 생각하는 것만큼 내가 좋은 사람이 아닐지도 모르겠다는 생각이 들었다.

'내가 없어도 걘 지금까지 잘 살아왔고 내가 걔랑 친구가 아니게 된다 해도 걘 신경 안 쓸 것 같아. 내가 없어도 걔 옆에 있을 사람은 차고 넘치니까. 내 옆에도 사람이 많았으면 좋겠다.'

내 곁에 있는 사람이 떠나갈까 봐 항상 초조한 나와는 다르게 걔는 뭔가 여유로웠다. 곁에 있어줄 사람이 많으면 저렇게 여유로워지는 걸까 싶어서 부러웠다.

어떻게 하면 걔처럼 될 수 있을까라는 생각은 곧 어떻게 하면 걔한테 좋은 사람이 될 수 있을까로 바뀌었다. 뭘 하면 걔가 날 좋아해 줄까, 이런 모습을 보이면 얘가 날 좋아해 줄까 하고 계속해서 뭔가를 시도했다. 아플 때 걱정하고 잘하는 걸 칭찬하고 힘들 때 위로해 주는 건 걔를 좋아하는 다른 친구들도 할 거 같아서, 나도 그 애들이 하는 것만큼만 하긴 싫었다. 아무도 잘 알아주지 않았을 그 애의 사소한 행동들을 보고 칭찬한다던가, 하기 싫은 일을 떠맡았을 때 대신 해준다고 나선다거나 하다 보니 무슨 일에서든 걔 눈치를 보게 됐다. 그렇다고 해서 걔가 날 더 좋아해 준 건 아니었다.

　나랑 걔 사이는 말하자면 달리기와 같았다. 내가 항상 뛰어서 뒤쫓아 가고, 걔는 뛰지는 않지만 기다리지도 않고 앞만 보며 걸어가는 달리기. 가끔 너무 힘들어서 소리쳐 부르면 걔가 힐끔 뒤돌아보고, 그때 열심히 달려야 다시 가까워질 수 있는 달리기. 우리는 같은 방향으로 달리고 있었지만 나란히 걸을 수는 없는 사이였다. 걔는 나보다 약간 더 빨라 보여서 금방 따라잡을 수 있을 것만 같았다. 그래서 걔를 붙잡으려 더 빠르게 뛰었다. 그런데 허무하게도, 걔는 내게 붙잡힐 생각이 없었다. 사실 내게 서로가 친구라는 확신이 있었다면 뒤쫓아서 붙잡는다는 표현은 쓰지 않았을 거다. 나도 걔와 나는 일방적인 관계라고 어렴풋이 느끼고 있었는데, 걔는 애초에 그런 건 신경조차 쓰지 않을 거였다.

　매일 내가 먼저 보내던 연락을 어느 날 안 했는데 따로 연락이 오지 않았다. 며칠만 연락 안 하고 살자 싶어서 며칠 안 하려다가 한 달 내내 연락을 먼저 하지 않아 버렸다. 그랬더니 그냥 연락이 끊겼다. 내가 있어도 그만이고 없어도 그만인 존재라는 게 실감이 나서 서러웠다.

　그냥 더 친해지긴 포기한 채로 다 같이 시내에 가기로 했는데, 걔가 갑자기 다른 약속이 잡혔다며 당일 약속을 취소했다. 알고 보니 다른 애들이랑 가기로 했다고 한다. 그거까지만 해도 너무 어이가 없고 놀 기분이 아니라 그냥 그날은 놀지 않았다. 두 명이나 약속에

빠지니 남은 친구들도 그냥 안 놀겠다고 해서 약속이 파투났다. 그러고 나서 그다음 주에 광장에서 놀자고 했는데, 걔는 또 날씨가 더워서 나가기 힘들다고 안 나간다고 했다. 에어컨이 켜져 있어 시원한 실내에서 놀자고 설득했지만 나가기 귀찮다며 멋대로 약속을 취소해서 바로 서운함이 터졌다.

"매번 네 멋대로 행동하는 거 다 맞춰줘야 해? 네 맘대로 행동하지 말고 네 행동 때문에 다른 사람이 피해 보는 거 생각 좀 하라고!"

"아니 난 딱히 별생각 없었는데… 그냥 그랬던 건데."

얘기할수록 나는 항상 자기한테 맞춰줬으니까 나를 막 대하는 걸 당연히 여기는 것처럼 느껴지는 답만 돌아와서 기분이 나빴다. 애초에 걔는 나를 좋아하지 않았으니까, 안 좋아한다는 건 알았는데 그게 너무 실감이 났다. 걔는 내가 이렇게 화나고 속상한 거에 대해서 어떻게 생각할까. 솔직히 내가 과민 반응하는 거라고 생각했을 거 같다. 그게 진짜든 아니든 이미 내 마음속에서 걔는 그런 생각을 할 이미지로 자리 잡았다.

'서로를 소중히 여기지 않는데 어떻게 친구가 되겠어.'

"나는 너 속상하게 할 의도가 없었다니까."

하고 싶은 말이 많았는데 그냥 두서없이 전부 말했다.

"네가 가지고 있는 태도가 잘못됐다고. 네가 아무 곳에나 쓰레기를 버린다고 쳐봐. 네가 환경을 오염시킬 의도가 있었든 없었든 환경은 오염되겠지? 지금 상황이 그거야. 너는 지금 쓰레기를 버려놓고 환경을 오염시킬 의도가 없었다고 하는 셈이라고."

사실은 걔가 나를 조금이라도 친한 친구라고 말해 줬으면 했다. 하지만 걔는 끝까지 그렇게 말해 주지 않았고, 우리가 친구라고조차 말해 주지 않았다. 괜히 나도 자존심을 부리면서 계속 돌려서 말을 했다. 그래서 그냥 포기하고 대충 흐지부지 넘어갔다. 그 이후로 서로 연락조차 하지 않는다. 그냥 어쩌다 이렇게 됐나 싶고 허무했다.

요즘 코로나 시국의 막바지에 마스크를 벗을 수 있는 곳이 늘어나게 되었다. 몇 년이나 계속된 코로나 때문에 내 친구들 중엔 첫 만남부터 마스크를 낀 채로 시작해 서로의 하관을 모르는 경우가 있는데, 나 같은 경우엔 하관이 안 예뻐서 소위 말하는 마스크+사기꾼, 마기꾼이라는 별명을 가지고 있다. 그래서 요즘 마스크를 끼고 만났던 친구들에게 하관을 공개하는 게 어색하고 불편하다. '걔'들에게 보인 내 이미지도 마스크를 낀 첫 만남과 같았다.

걔가 만든 내 이미지나 내가 걔한테 처음에 보여주었던 이미지가 벗겨지는 게 무서워서 계속 그 이미지를 유지하려고 별의별 짓을 다 했다. 걔가 좋게 봐준 내 이미지가 사실은 진짜가 아니었다는 것을 걔가 알게 되면 실망할까 봐, 나 때문에 남들이 실망하는 모습을 보기가 무서웠다. 내가 한 행동을 보고 멋대로 나는 어떤 사람이구나 하고 오해한 사람은 걔인데 내가 오히려 그 '어떤 사람'에 나를 맞추려고 한 거다.

첫 번째 '개'가 나를 부탁을 잘 들어주고 착한 이미지로 알고 있었기에 난 그 애의 부탁을 거절하지 못했다. 부탁 한 번 들어주지 않는 걸로 깨질 사이는 애초에 이어갈 필요가 없는 건데, 나 스스로 걔 앞에서 나를 낮추었다. 내가 어떤 행동을 하고 남들이 어떤 행동을 하던 본인이 여러 이유로 그걸 선택한 거다. 다들 그걸 당연하게 여기지 않았으면 좋겠다.

내가 남들에게 피해를 주면 모를까, 매번 하던 행동 하나 안 했다고 '너 원래 그런 애 아니었잖아', '요즘 왜 그래?', '너답지 않아'라는 식으로 말하는 게 싫다. 내가 지금 누군가에게 어떤 이미지든 그게 쉽게 바뀔 수 있다는 걸, 애초에 나는 어떤 인간이라고 쉽게 단정지을 순 없다는 걸 다들 알아줬으면 좋겠다.

4. 나는 그냥 나

지금까지는 내가 스스로 만들었던 편견들과 남이 나에게 만들어 붙인 편견들에 대해서 이야기했다. 그리고 지금부터는 진짜로 내가 좋아하고 싫어하는 것이 무엇인지에 대해서도 이야기해 보려 한다.

나는 디저트를 좋아한다. 디저트는 달아서 맛있다. 달다는 표현보다는 달달하다는 표현이 더 마음에 든다. '달' 자를 하나만 쓰는 것으론 내가 생각하는 달콤함을 표현하지 못할 거 같기 때문이다. 나는 달달한 것을 먹으면 기분이 좋아진다. 하지만 달달한 것만 먹으면 느끼해서 음료수나 물과 같이 먹는 걸 좋아한다. 물도 예전에는 시원한 냉수를 더 좋아했지만 요즘은 뭔가 건강해지는 느낌이 드는 정수를 많이 마신다. 달달한 음료도 좋다. 카라멜 마끼야또를 좋아한다. 가끔은 이온음료도 마신다. 아메리카노도 마실 수 있다. 설탕을 아주, 아주 많이 넣는다면. 민트초코 프라페 마시는 것을 좋아한다. 민트초코 프라페의 예쁜 민트색 휘핑크림을 보는 것도 좋아한다. 민트초코

맛 아이스크림도 좋아한다. 하지만 초코맛 아이스크림을 더 좋아한다. 떡볶이나 밥의 색깔이 민트색이라면 입맛이 떨어지겠지만, 민트색 디저트는 좋아한다. 민트색 크림을 특히 좋아한다.

운동 중에서는 복싱을 좋아한다. 잘하지는 못한다. 사실 못하는 편이다. 하지만 복싱을 하는 사람들을 보면 멋있다. 복싱 경기나 복싱을 소재로 한 웹툰 등을 전부 챙겨 보지는 않는다. 하지만 웹툰 〈더 복서〉는 좋아한다. 복싱이 좋아서도 있지만 복싱을 소재로 해서 만들어진 이야기로 감동을 주는 점이 마음에 들기 때문에 좋아한다. 축구 경기 보는 것을 좋아한다. 예전에는 직접 뛰는 것도 좋아했지만, 나는 축구를 잘 못해서 끼면 눈치만 보다가 계속 빠지게 되어 직접 하는 것엔 흥미가 사라졌다. 차라리 축구를 잘하는 사람이 경기를 뛸 때 응원하는 게 더 재밌다.

보라색을 좋아한다. 보라색을 좋아하는 것은 예전과 같지만, 좋아하는 정도와 방식은 다르다. 옷은 무채색 옷을 가장 좋아한다. 하지만 보라색 옷을 입은 사람을 보는 건 좋아한다. 내가 입는 건 잘 안 어울리기 때문에 그렇게 대리만족을 하곤 한다. 보라색은 뭔가 몽환적인 느낌이 들면서 예쁘다. 보라색을 좋아하는 건 내가 가진 취향 중 가장 오래가고 있는 취향이다. 언젠가 이 취향이 바뀔 수도 있겠지만 일단 지금은 보라색이 좋다.

무언가를 좋아하는 것을 좋아한다. 뭔가를 열심히 진심으로 대하다 보면 뿌듯해진다. 나는 혼자보단 함께를, 하지만 아주 가끔은 혼자 보내는 시간을 좋아하고, 확실한 것보단 확실하지 않아서 더 자유로운 것을, 들어주고 말해 주는 것보다는 함께 대화하는 것을, 사랑받기보단 사랑을 주기를, 그리고 사랑을 주기보단 서로 같이 사랑하기를 더 좋아한다. 또 내가 좋아하는 사람보다는 나를 좋아해 주는 사람을 더 좋아하고, 사실 나를 좋아해 주는 사람이 없을까 봐 불안하다. 특이한 것을 좋아한다. 특별한 것을 좋아한다. 이 세상에 하나밖에 없는 것을 좋아한다.

그래서 나는 나를 좋아한다. 딱히 뭐라고 정의할 필요 없이, 나는 그냥 나라서 내가 어떤 사람이냐는 질문에 대한 정확한 답은 없다고 생각한다. 앞으로도 내 취향은 계속해서 바뀔 거고, 바뀌어도 나는 나니까.

5 당연함에게 반항 중

나는 내가 좋아하는 모든 것들을 마음껏 좋아하고 있고 그걸 좋아하는 나를 좋아한다. 나는 나를 이루고 있는 내가 좋아하고, 싫어하고 좋아하지도 싫어하지도 않는 모든 것들이 좋다.

내가 나에 대해 잘 모르는 것은 비정상적인 게 아니었다. 남들과는 속도의 차이가 다를 뿐, 정상과 비정상으로 나눌 수 있는 게 아니라고 생각한다. 어느 한쪽에만 치우치게 생각하는 것. 다른 것을 틀린 것으로 여겨 배척하는 것. 차이를 그저 다름으로 인정하고 배려하는 것이 그렇게 어려울까? 일상에서 익숙하게 사용하며 별생각 없이 의식하지 않고 무심코 하는 행동들이 모여서 편견을 만들고, 그 편견들을 익숙히 여기는 당연함이 고정관념을 만든다. 적어도 나는 그 고정관념 때문에 상처받지 않으려 한다.

나는 남들이 모르는 나를 사랑하겠다. 나는 남들이 모르는 나를 아니까, 손여은이라서 생기는 많은 편견 속 내가 어떤 사람인지 아니까, 때론 어느 쪽에도 속하려 하지 않는 내가 만들어내는 불확실함마저 사랑하겠다. 남들이 모르는 진짜 나를 나만이 알아주고 좋아할 거다. 나는 나를 나 자체로 가장 사랑하고 아끼겠다. 나를 제일 잘 알고 앞으로도 더 많이 알게 될 사람은 바로 나니까. 나는 그 누구보다도 가장 오랜 시간 나와 함께해 왔으니까 말이다.

 나는 이제 그때그때 끌리는 색의 옷이나 색종이 등을 고를 수 있다. 누가 민트초코의 호, 불호에 대해 물으면 프라페는 좋아하지만 다른 건 잘 모르겠다고 대답할 수 있다. 굳이 내 성격을 숨겨가면서까지 누군가와 친해지려 하지 않는다. 내 성격을 숨겨서 친해진 친구가 내 원래 성격을 좋아해 주지 않는다면 애초에 그 친구랑은 안 맞는 거기 때문에, 맞지 않으면 또 맞지 않는 대로 지낼 수도 있다. 남들이 내 하관에 대해 무슨 생각을 하던 신경 쓰지 않고 마스크를 벗을 수 있다. 소문이나 주변의 이야기들만 듣고 생각하기보단 내 스스로 생각해서 판단하려고 노력한다.

 나는 아직 중2지만,
 나는 나를 단정짓는 당연함들에 반항하는 중이다.

글을
마치며

이 글을 쓰는데 처음에는 적을 게 없어서, 아니 뭘 적어야 할지 모르겠어서 고민했다. 거의 한 달이 걸려 이 글을 완성했는데, 완성하고 보니 너무 많아져 원래 분량인 15쪽을 훌쩍 넘긴 50쪽이 되어 있었다. 이젠 내가 쓴 내용 중 뭘 빼야 할지 모르겠어서 내용을 줄이는 데에 더 힘이 들었다. 처음 원고에서는 2만 자를 글자 수 500자 제한인 네이버 맞춤법 검사기에 복사+붙여넣기 하느라 엄청 고생했다. 내용을 빼고 나니 만 오천 자 정도의 분량이 되었다. 양을 줄이니 뭔가 내용의 퀼리티가 좀 더 낮아진 것 같기도 하고, 오히려 좀 더 수정해서 나아진 것 같기도 하다. 결과가 좋든 나쁘든, 그래도 이렇게 완성된 결과물을 보니 뿌듯하다. 끈기가 부족해

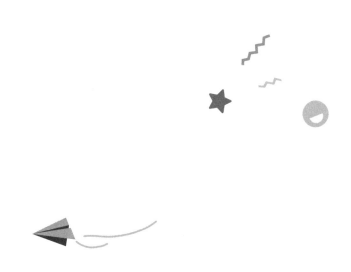

항상 뭔가를 중간에서 포기하는 내가 이 정도 양의 글을 완성시킨 건 처음이다. 그래서 이번 글쓰기가 더 의미 있는 경험이 된 것 같다. 글을 쓰면서 많은 생각을 할 수 있었고 또 여러 맞춤법이나 올바른 표현들을 알게 되었다. 짧은 단편이나마 글을 써본 게 처음인 나로서는 좀 서투른 부분도 많지만, 계속 쓰다 보면 나아지겠다 싶어 나중에 내 꿈을 이루고 나선 간단한 글을 쓰는 일도 해볼까 생각 중이다. 내년에도 기회가 된다면 이 동아리에 다시 들어오고 싶다. 나에게 이런 소중한 경험을 안겨준 이 동아리와 선생님께 감사하다.